少年读中国史

·3·

秦汉 天下一统的帝国

果麦 编

北方联合出版传媒(集团)股份有限公司
万卷出版有限责任公司

果麦文化 出品

在陕西省西安市以东的骊山脚下，屹立着一支沉睡了两千多年的陶质军团。士兵们的年龄、脸型各不相同，身上穿着不同颜色的衣服和盔甲，手里拿着不同类型的兵器。他们有的手牵战马，有的驾着战车，或站或立，整装待发。这些身材魁梧、目光坚毅的陶俑战士，仿佛让我们看到了两千多年前那支摧枯拉朽、横扫四方的秦军。秦王嬴政正是靠着这支大军最终统一天下，并自创了一个全新的称号——秦始皇。

短命的秦朝之后，刘邦在楚汉之争中胜出，建立了汉朝。这个前后历时四百余年的王朝，不仅有过"文景之治"的治世，而且有着远征匈奴、开通西域的辉煌，更是为中华民族的主体赋予了一个新的名字——汉。

从公元前221年到公元220年，秦汉两朝开创了中国大一统王朝的第一个发展高峰，一幅恢宏壮阔的历史画卷就此展开……

目 录

第一章　千古一帝秦始皇   001
1. 隐忍的少年   002
2. 从此天下只有一个"王"   008
3. 喜欢排场的秦始皇   014

第二章　楚汉争霸   023
1. 王侯将相，宁有种乎？   024
2. 项羽和刘邦的崛起   029
3. 楚霸王与汉王的决战   035

第三章　汉朝初定   046
1. 刘邦的内外征战   047
2. "无为"的治国之道   053
3. 七国之乱   060

第四章　汉武帝的时代   068
1. 尊崇儒术   069

2. 向诸侯国宣战和充实国库　　074
3. 征匈奴与通西域　　079
4. 黯淡的晚年　　088

第五章　东汉的兴衰　　095

1. 王莽篡汉　　096
2. 东汉的建立　　103
3. 东汉的末路　　108

第六章　博大精深的两汉文化　　116

1. 名垂青史的"班马"　　117
2. 佛教与道教　　122
3. 蔡伦与张衡　　125

大事年表　　133

第一章

千古一帝秦始皇

1. 隐忍的少年

人质之子

嬴政回到秦国的时候,已经八岁了。这八年里,他过得非常不容易。

他的父亲异人是秦昭王的孙子,本应在巍峨雄壮的宫殿里享受锦衣玉食。但偏偏异人不受父亲安国君宠爱,十七岁时就被送到赵国做人质。秦赵两国有世仇,秦国曾多次攻打赵国,因此赵国对待异人毫无礼遇可言。身为秦国公子的异人在赵国过得胆战心惊,经常受人欺负,缺衣少食,与乞丐没多大区别。

当时有个大商人叫吕不韦,靠着做低买高卖的生意,积累了大量财富,经常往来于各国。他到邯郸做生意时结识了异人,当时安国君被立为太子,有二十多个儿子,却都是庶出,没有嫡子。吕不韦认为这位处境艰难的秦国质子是值得投资的"奇货"，若能将他送回秦国、拥立为国君，自己必能获利颇丰。

于是，吕不韦拿出重金，供异人日常生活和结交宾客使用。同时，他前往秦国游说安国君最宠爱的华阳夫人。身为正妻的华阳夫人十分美艳，但却没有子嗣，吕不韦便将异人记在自己名下，立为嫡子。将来异人若能继承王位，华阳夫人就能做太后。为了和异人搞好关系，吕不韦更是把自己最漂亮的歌姬赵姬送给他，后来赵姬为异人生下一个孩子，便是嬴政。

公元前260年，秦、赵爆发长平之战，秦国坑杀了赵国四十万将士。赵国上下对此深恶痛绝，恨不得杀了异人一家。异人眼看自己性命堪忧，便在吕不韦的帮助下独自逃回秦国，而把嬴政母子留在了邯郸。于是，赵国人把所有怨恨都撒在了这对母子身上，少年嬴政因此受到过不少威胁和恐吓，被人欺负辱骂更是常有的事。

在这样动荡而残酷的环境中成长，嬴政从小心思就与同龄的孩子不同，多了一分隐忍和防备之心。后来这位秦王多疑而暴戾的性格，也许在少年时便已埋下了种子。

吕不韦把异人当成投资对象

大权在握的吕不韦

异人回到秦国后,先是被记在华阳夫人的名下,改名子楚,成为唯一的嫡子养子和继承人,后来在安国君即位后顺利当上了太子。吕不韦的计划在一步步地实现,嬴政与赵姬母子俩也被接回了秦国。安国君正式在位仅仅三天便去世了,于是太子子楚即位,史称"秦庄襄王"。庄襄王一即位,便将一路帮助、辅佐自己的吕不韦拜为丞相,封为文信侯,甚至把周天子经营了近八百年的洛阳送给他做封地。

三年后,庄襄王病死,年仅十三岁的嬴政即位,由吕不韦辅政。嬴政尚未成年,只能事事听从吕不韦的意见,尊称他为"仲父"。吕不韦从此更是权倾朝野,一人之下万人之上,连秦国王族都得敬他三分。

吕不韦虽是商人出身,却有宏大的政治视野,主政期间做了不少利国利民的事。他对内协调秦国贵族内部的关系,加强了王室的团结。在吕不韦的坚持下,秦国修建了郑国渠,使关中上百万亩土地得到有效灌溉,成为秦国的粮仓。对外,他继续为秦国开疆拓土,陆续攻占了六国许多城池,并储存了充足的粮食和兵器,为日后统一六国的战争奠定了雄厚的物质基础。

当时各国贵族养士之风兴盛,吕不韦也不甘落后,他广招文人学士,给予优厚的待遇,一时间门下食客多达三千人。吕不韦命食客们记下各自的所见所闻,编成一部熔诸子百家学说于一炉的杂家著作,称为《吕氏春秋》。他自负地把全书公布于咸阳的城门旁,放言若有人能增删一字,就奖赏千金。最后,果然没有一个人能够拿得到这笔赏金。这就是成语"一字千金"的出处。

就这样,吕不韦在秦国的影响力越来越大,地位也更加稳固。时光飞逝,很快嬴政就过了二十岁,到了可以亲政的年龄。他觉得自己已经长大成人,而吕不韦仍紧握着权力不放,是有不臣之心。不过嬴政心里也清楚,以自己现在的声望和实力,还不足以与吕不韦抗衡。他只能隐忍,等待时机。

嫪毐(làoˊǎi)之乱

嬴政等待的机会,很快就出现了。

秦庄襄王死后,太后赵姬身边连个可以信任的人都没有。在吕不韦和赵姬的安排下,一个名叫嫪毐的人假扮宦官,进宫服侍赵姬。嫪毐深得赵姬宠爱,做了太后宫中的宦官统领,可他并不满足,后来又想给自己弄一个列侯的爵位,还想要许多封地。可按照秦国的法律,只有对国家有大功的人才能封侯,嫪毐自知没有资格,便天天软磨硬泡哀求太后。

太后找吕不韦帮忙,吕不韦以秦律不许为由拒绝了。太后只好去求秦王,没想到嬴政很痛快地答应了。于是嫪毐获封长信侯,还得到了整个太原郡作为封地。此后,嫪毐变得更加骄横。仗着太后的宠信,他私自养了上千名门客,许多亡命之徒纷纷投靠到他门下。渐渐地,嫪毐在秦国拥有了仅次于吕不韦的强大势力。

公元前238年,有人告发嫪毐其实是假宦官,长期与赵姬私通。嬴政得知后勃然大怒,下令要彻底追查。消息传到嫪毐耳中,他深知这件事一经查实,便是诛族的大罪。于是决定先下手为强,发动叛乱,最后兵败,被嬴政处以极刑。

嫪毐死后,嬴政继续追究相关责任,吕不韦自然第一个受到牵连。由于嫪毐是吕不韦推荐给太后的,而且他明知两个人私通却隐瞒秦王多年,按照秦律这是杀头的大罪。考虑到吕不韦毕竟劳苦功高,嬴政免除了他的死罪，将他贬到外地。

借此机会，嬴政终于将大权牢牢掌握在手中，开始了自己真正的统治。他重用尉缭、李斯等人，对六国实行远交近攻、各个击破的战略，开启了统一天下的进程。短短十年间，秦国先后灭掉了韩、赵、魏、楚、燕、齐六国，结束了自春秋以来长达五百多年诸侯割据的局面。曾经的那个隐忍少年，终于实现了秦国历代国君致力追求的梦想，建立起规模空前的大一统王朝——秦朝。

2. 从此天下只有一个"王"

"皇帝"称号的由来

统一天下的秦朝，是一个完全不同于之前诸侯国林立的新王朝。作为新王朝的最高统治者，嬴政认为自己应该拥有一个独一无二的新称号。他命令大臣们讨论，有人说：战国以前，只有周天子可以称"王"，但到了战国时各国君主争相称"王"，这个称号已经被用滥了，无法凸显秦王前无古人的丰功伟绩。

大臣们讨论了很久，最后形成统一意见：自古以来，三皇五帝是最尊贵的，而秦王的功绩已经超越了三皇五帝，不如将其中的数字去掉，只保留"皇"和"帝"，合称"皇帝"，嬴政斟酌后同意了。从此，"皇帝"成为中国历代王朝最高统治者的称号，沿用了两千多年。此外，大臣们还建议，以后皇帝颁布的命令称为"诏"或"制"，只有皇帝可以自称"朕"，这些字眼从此成为皇帝的专属，其他人不得使用，以彰显皇帝的绝对权威。嬴政也采纳了。

　　嬴政在称帝之后的第一份诏书中，就下令废除历代沿用的谥号制度。"谥号"是地位较高的人死后，后人给予的评价性称号，常带有褒贬善恶的意味。赞颂的谥号如周文王的"文"，表示才德深厚；贬斥的谥号如周厉王的"厉"，意思是暴虐无道；平庸之君则可能被称为"哀""灵"，如齐哀公、楚灵王等。嬴政认为，由后人给先辈评定谥号、臣下议论君王功过是非的这种做法极不可取，自己可不想死后被后人点评议论，就下诏废除了谥号制度，剥夺了后世对他进行评说的权利。

　　可是没有了谥号，要怎么区别历代不同的君主呢？嬴政给出了自己的解决办法：因为自己是第一个皇帝，

"千古一帝"秦始皇

所以称"始皇帝",之后就是二世、三世皇帝,这样千秋万代,无穷无尽地传下去。

然而自信满满的秦始皇并没有想到,他的大秦王朝只延续到二世便灭亡了,自己亲手废除的谥号制度随之也被后人恢复。

一场围绕郡县制的争论

确定了自己的新称号,秦始皇又让大臣们讨论,在地方管理制度的问题上,究竟是继承周王室的分封制,还是采用战国时各国通用的郡县制呢?

分封制可谓由来已久,早在西周建立之初,周天子将天下土地分给宗亲和功臣,所封之地称为"封国"或"诸侯国",统治封地的人便成为一方诸侯,对封地的土地、人口都拥有统治权。

面对秦始皇的问题,大臣们大多建议仍采用分封制,让皇帝的儿子们到过去六国的地盘做诸侯王。这样既不用担心大权落到其他姓氏手里,也能有效地防止六国残余势力的反叛。这时,大臣李斯站出来极力反对,他一针见血地说:"诸侯王虽然现在是亲兄弟,但等到传承几代以后，血缘关系慢慢变淡了，到时候诸侯王之间难免会争权夺利，进而威胁到朝廷的权威。分封制正是造成周朝分裂的根源，不宜再采用。"

李斯力排众议，主张推行郡县制，认为这样有利于加强中央集权和巩固国家统一。其实，郡县制并非李斯首创，早在商鞅变法时秦国就曾实行过郡县制。在战国时代的变法风潮中，各国也都曾在不同程度上实行过郡县制。一片争论声中，秦始皇最终采纳了李斯的建议，决定彻底废除分封制，以郡县制作为中央控制地方的手段。

他下令将天下分为三十六郡，每个郡的最高长官称为"郡守"，每个县的最高长官称为"县令"或"县长"。这些官员都由皇帝亲自任命，而且不能世袭，这样就保证了皇帝将地方权力牢牢掌握在自己手里，从源头上消除了割据分裂的隐患。郡县制有利于开拓和统治空前辽阔的疆域，此后更是成为中国古代大一统王朝地方行政制度的基石，对于加强中央集权统治起到重要作用。

从此天下用同一种"标尺"

统一天下的领土其实只是第一步，摆在秦始皇面前的问题还有很多。

就拿人人都离不开的文字来说，战国时期七国分别都有自己的文字，而且各国文字差异很大，同一个字有多种写法，燕国的文字楚国人不认识，楚国的文字秦国人不认识。这种状况严重妨碍了各地民众之间的文化交流。

秦始皇认为，如今天下已经统一，如果各地连朝廷颁布的政策法令都看不懂，统治还从何谈起？所以，统一文字势在必行。于是秦始皇下令，将之前六国的文字全部废除，统一用秦国的"小篆"作为通用的文字。为了推行文字统一政策，他还让大臣李斯、宦官赵高等人将常用的文字编成小篆范本，经过他们整理的小篆既整齐又漂亮，像绘画一样富有美感。

百姓生活中另一个天天都要用到的就是长度、容量、重量的测量标准，也就是"度量衡"。在此之前，各国标准不一，导致百姓在买卖商品、缴纳赋税等方面有诸多不便。比如同样买三尺布，你拿一把尺子，我拿一把尺子，可是两把尺子上的"一尺"却不一样长，到底以谁为准呢？

秦始皇下令，将一尺的长度在全国统一，约等于今天的二十三点一厘米。斗、桶、权、衡、丈、尺等度量衡标准也都全部统一，要求人人必须严格执行，不得违反。其实，统一度量衡也非秦始皇首创，早在商鞅变法时，秦国就已统一了国内各地的度量衡。在百姓缴纳赋税时，使用统一的度量衡器才能推行统一标准，这对于保证国家的赋税征收十分关键。同时，秦始皇还进一步统一了全国的货币，用秦国的"半两"钱替代六国多种多样的货币。这种秦半两外圆内方，小巧美观又方便携带，很快便通行天下。

度量标准在全国范围内的规范化，不仅为百姓的日常生活和经济交流带来了便利，也有利于朝廷对赋税制和俸禄制的统一。这些看似不起眼的细节，从根源上消除了旧有割据势力的影响，为巩固国家大一统的局面发挥了巨大作用。

3. 喜欢排场的秦始皇

泰山封禅

皇帝的印玺是皇权的象征，据说丞相李斯奉秦始皇之命制成玉玺，上面用篆书刻有"受命于天，既寿永昌"八个字。所谓"受命于天"，就是说皇权来自上天的授予，由此将"皇权天授"确定为不容置疑的法则。

在科学远不如现在发达的古代，人们在很长一段时间里都崇拜上天，认为各种天灾人祸都是因人们不敬天地而受到的惩罚，甚至连人的生死大权都掌握在上天的手中。而人世间的帝王也是由上天任命的，由上天赋予他掌管天下的权力。所以每当新的帝王即位，都需要一场高规格的仪式来与上天沟通，谛听上天的意志，敬谢天地，并向上天承诺好好掌管天下、造福苍生。之后便可昭告天下，自己已经获得上天的授权来治理天下，如此才能让百姓信服。

为了达到"天人沟通"的目的，历代帝王都会进行各种祭祀礼仪，其中最重要的便是封禅泰山。泰山地处齐鲁大地，是黄河下游地区的第一高山，在辽阔的平原上拔地而起，山势雄峻，气象万千。"泰山"在古代也常常写作"太山"，"太"就是"最""极"的意思。古人用"太"来形容此山，可见对它的尊崇。

秦始皇在当上皇帝后的第三年，觉得天下已经被自己治理得很好了，便率文武大臣来到泰山举行封禅仪式。

可封禅仪式在春秋战国的长期战乱中已很久未曾举行，大臣们当中无人知道具体的礼仪。齐鲁之地的儒生引经据典，提出按上古时期简易的典礼来办。但秦始皇觉得这无法展示自己席卷天下的气魄和功绩，于是他不顾古法，下令修筑了一条通往山顶的车道，乘车到达山顶后，再走石阶来到祭坛面前，向上天报告自己的政绩，祈求上天的庇佑，并在泰山立下石碑，记述自己灭六国、设郡县、统一文字等功绩。

由于自己提出的古礼没有被秦始皇采纳，齐鲁的儒生们对这次封禅大典多持批评态度。而随着秦朝的速亡，秦始皇本人和整个秦王朝也和这次封禅一样，在后世遭到人们的批评和否定。

暴政之下的工程奇迹

统一六国后，秦始皇对于统治的巩固和外敌的防范从来没有掉以轻心。有一天，他非常信任的方士卢生带来一本"仙书"，上面写着"亡秦者，胡也"几个字。秦始皇思前想后，断定这个"胡"只能是指胡人，也就是当时的匈奴。匈奴人擅长骑射、勇猛彪悍，过去与匈奴接壤的国家都深受其害。现在秦朝已统一天下，国力正强，有实力对秦朝构成威胁的就只有匈奴了。

于是，秦始皇命令蒙恬率三十万大军攻打匈奴，并且修建长城，以阻挡匈奴入侵。蒙恬用了四年时间，将过去燕、赵、秦各国的旧长城连成一体，并加以巩固，建成了气势恢宏的秦长城。长城东起辽东，西到甘肃临洮，浩浩荡荡，雄伟壮阔。这就是举世闻名的"万里长城"，直到今天依然是世界上的一大奇观。

除了长城，秦始皇还下令修建驰道，这可以说是古代最早的"高速公路"。在秦朝修建的各种道路中，驰道是规格最高的一种。驰道的修建要求路基夯实，路面平坦宽阔，路边种有大量的松柏作标记。从咸阳出发，四通八达的驰道东到燕齐故地，西到沙漠地带，南到荆楚，北到草原，全国各地被更加紧密地连接在一起。无论是文书传递还是物资运输，都比过去便捷得多。

秦始皇统一天下后，将六国的宫殿按照相同的比例在咸阳复制建造，供自己换着居住。住了一段时间秦始皇就感到不满足了，觉得过去的王宫都太小，配不上自己"始皇帝"的身份，于是下令建造"阿房宫"。这座宫殿的规模是前所未有的，直到秦始皇死后也没能完工。

如今的遗址早已看不出曾经的风貌，后人只能通过唐代诗人杜牧的《阿房宫赋》想象它的样子。

与阿房宫齐名的另一大工程，就是秦始皇陵。嬴政十三岁一即位，就选定了风水宝地，开始为自己建造陵墓。他非常重视自己陵墓的修建，里面不仅有各式宫殿，更有数不清的陪葬品，周围还有大量的陪葬坑，目前已探明的就有四百多个，震惊世界的秦始皇陵兵马俑便是众多的陪葬坑之一。

这一项项宏伟壮观的工程奇迹背后，却是被强迫服劳役的秦朝百姓的无数血汗。秦始皇在修筑各大工程时毫不爱惜民力，无数劳工在沉重的劳役之下死去。仅仅为了建造秦始皇陵，就先后征集了七十多万劳工，前后历时近四十年才基本完工。在修建长城的过程中，引发了许多催泪的悲惨故事。民间故事"孟姜女哭长城"虽然是虚构的，但从中可以看出百姓对秦始皇暴政的不满与控诉。

秦始皇之死

秦始皇是个喜欢出巡的皇帝，从统一天下后的第二年便开始出巡，在位十一年中曾先后五次巡游天下。而且，他巡游过的地方很多，足迹几乎遍布除西南边地和岭南地区之外秦帝国的所有版图。如果用我们现在的行政区划比照，秦始皇去过内蒙古、安徽、湖北、山东、山西等十五个省区。

其实，喜好远行是秦人的悠久传统，历代秦国国君中有多位都曾跋涉远行。而秦始皇则有着更多的考虑——到东方六国故地巡游，主要是想通过宣德扬威，使六国旧民彻底臣服，以达到安定天下的目的；向北巡视边地，检阅边防部队，则是为了震慑北方的匈奴，巩固帝国的边疆。

秦始皇的每次巡游都声势浩大，途中还曾遭遇刺客的袭击，但这仍没有阻止他巡游的步伐。出于对燕齐方术之士描述的海外仙界的向往，他还多次巡游海滨地区，不懈地寻找虚无缥缈的仙人，幻想能够得到传说中的长生不老药。但讽刺的是，秦始皇最后病倒在第五次巡游的路上，最终也没能实现长生不老的美梦。

秦始皇十分厌恶谈论"死"，直到病入膏肓之际，才命令宦官赵高传诏给驻守边疆的长子扶苏，让其速归继位。公元前210年，秦始皇病逝于沙丘宫（在今河北邢台），没想到赵高却暗中勾结丞相李斯假传遗诏，撺掇秦始皇的小儿子胡亥即位，同时命令扶苏自杀。为了便于行事，李斯和赵高对外隐瞒秦始皇的死讯，快马加鞭地赶回咸阳。当时正值酷暑，装载秦始皇遗体的车子不时散发出阵阵恶臭，胡亥便命人在车上装载鲍鱼，借鱼的臭味来掩盖尸臭味。到咸阳后，扶苏已经自杀，胡亥便继承了皇位，也就是秦二世。

不过，《史记》中记载的这个赵高与胡亥的阴谋，有可能只是秦末起义军宣扬的一个故事。根据出土文献记载，秦始皇选定的继承人本来就是胡亥。而秦二世昏庸无能，一切朝政大事皆由赵高把持，秦王朝这时也已走到了末路。

读史点评

秦始皇统一六国,结束了春秋战国长达几百年的分裂与战争,开创了中国古代第一个大一统王朝,皇帝制、郡县制等各种制度的改革更是深刻地影响了此后两千多年的中国历史,被称为"千古一帝"可谓当之无愧。但作为前所未有的"始皇帝",在当时治理这样一个大一统国家,他没有任何历史经验可以借鉴,一切都要靠自己摸索。于是,统一之后的秦始皇成了当时天底下最"辛苦"的人。为了把一切权力牢牢掌握在自己手中,他事无巨细,亲力亲为,每天都要批阅各地送来的海量奏章,堪称中国历史上最勤政的皇帝之一。

但是,勤政若不爱民,终将自酿苦果。一项项巨大的工程连年不停,百姓背负着无法承受的沉重负担,怨声载道。虽然秦始皇只做了十几年皇帝,但这十几年里天下百姓所承担的赋税和徭役却远远超过了统一之前,每年被征调的民夫达到上百万之多。不堪重负的百姓只好揭竿而起,将这个残暴的王朝埋葬。

秦长城、阿房宫、秦始皇陵和兵马俑都是秦朝留给后世的工程奇迹，让今天的我们仍然能领略两千年前的历史风貌，但在这些奇迹的背后，却是秦始皇的暴政和秦朝百姓的血泪。你是如何看待这个问题的？

第二章

楚汉争霸

1. 王侯将相，宁有种乎？

"天下苦秦久矣"

从长城、阿房宫到秦始皇陵，秦始皇创造了一个又一个辉煌的工程奇迹。但在这些奇迹的背后，却是承受长年苦役的无数百姓的血泪。秦始皇种种劳民伤财之举，使得百姓苦不堪言。

为了让百姓更好地出钱出力，秦朝还制定了一系列政策法令。百姓辛苦种田所得的粮食，大部分都要上缴给朝廷，此外还要上缴一定数量的饲料和柴草。据史书记载，秦朝灭亡许多年后，各地的粮仓仍然装满了粮食，可见当时搜刮之甚。不仅如此，每个人从出生开始就要向朝廷缴纳人口税，生活中还会遇到各种名目的苛捐杂税。

除了缴税，所有男子在成年后必须服两年兵役。一且发生战争，兵役的期限就会一直延长，直到战争结束。这样一来，家里的农活就都落在了老弱妇孺身上。遇上朝廷军饷不够的时候，服兵役之人所需的吃穿等花费还要自家来负担，百姓生活的艰难可想而知。

沉重的兵役已经让百姓不堪重负，然而更可怕的却是名目繁多、耗时很久的徭役。无论是修长城、驰道，还是阿房宫、皇陵和各处离宫，都需要大量的人力，这些工作大多都以徭役的名义分摊到百姓身上。服徭役的劳力不仅长期顾不上家中的农活，在工地上还要被压榨，承受高强度、长时间的体力劳动，伤病乃至丧命者不计其数。

为了使百姓服从管理与统治，秦朝的法律非常严苛。秦律不仅种类繁多，而且刑罚严酷，即使非常轻微的罪行也会受到极其严厉的刑罚。很多刑罚残忍至极，动不动就会砍手砍脚，令人毛骨悚然。在沉重的负担和严苛的刑罚之下，百姓对秦朝统治的怨恨也在不断积累。

大泽乡的振臂一呼

在百姓的积怨之下，秦朝的统治已经开始动摇，而压死骆驼的最后一根稻草在不久后也出现了。

秦二世即位的那一年，朝廷征发一群百姓去边关戍守。其中有一支九百余人的队伍，他们在走到大泽乡（在今安徽宿州）这个地方时突然遇到大雨，无法如期到达目的地。为首的陈胜、吴广商议后认为，按照秦律，如果不能如期到达，即使去了也是死路一条。但是不去的话，逃回家乡被官吏抓住也会被判死刑。既然如此不如索性起义，说不定还能闯出一条生路。

为了在同行众人中获得威望，陈胜、吴广用朱砂在一块绸子上写下"陈胜王"三个字，把它塞进别人用网捕来的鱼的肚子里。戍卒买鱼回来准备煮着吃，发现了鱼肚子里的帛书，不禁大吃一惊，不知所措。到了夜里，陈胜又暗中派吴广悄悄地跑到驻地附近一处古庙里，点燃篝火，模仿狐狸的声音叫喊道："大楚兴，陈胜王！"戍卒们在深更半夜里听到这样的叫声，又惊又怕，以为是鬼神显灵。到了第二天早晨，戍卒们议论纷纷，都指指点点地看着陈胜。

吴广一向关心别人，和戍卒中许多人关系很好。一天，押送队伍的军官喝醉了酒，吴广故意当着军官的面说自己想要回家，以激怒他。军官一气之下果然鞭打吴广，还拔剑威吓。这时吴广趁机夺剑，杀死了军官。然后，

陈胜、吴广在大泽乡揭竿而起

陈胜、吴广召集众人说："大家在这里遇上大雨，误了戍边的期限，按规定要杀头。即使不被杀头，将来戍边肯定也是九死一生。大丈夫不死便罢，死就要死得轰轰烈烈、扬名后世，王侯将相难道都是天生的吗？"

众人见押送的军官已死，知道已经没有退路，又想起之前接连发生的怪事，更相信这一切都是上天的旨意，都表示愿意听凭差遣。于是，陈胜自称将军，任命吴广为都尉，打出复兴楚国的旗号，一连攻克了许多地方。等起义军到了陈县（今河南淮阳），已经拥有兵车六七百辆、骑兵上千、步卒数万人。打下陈县以后，陈胜自立为王，国号为"张楚"。

尽管陈胜吴广起义最后在秦军的镇压下失败了，两个人都被反叛的手下所杀，但受其影响，各地起义军像雨后春笋一般纷纷而起。赵、齐、燕、魏等国故地都有人打着恢复六国的旗号自立为王。

2.项羽和刘邦的崛起

想要取代秦始皇的少年

在秦始皇出巡时，曾经有过这样一幕：秦始皇意气风发地坐在华丽无比的马车里，随行的士兵浩浩荡荡，兵器铠甲在阳光下闪闪发光，所到之处百姓无不卑躬屈膝，跪在道路两旁。秦始皇一边向天下人昭示皇帝的威严和权力，一边欣赏着自己打下的江山。

在路边的人群中，有一位少年名叫项羽，是曾经抵抗秦军的楚国名将项燕的孙子。他虽然年少，却已有一身本领。这天，他跟随叔父项梁来观看秦始皇出巡的场面。在围观的人群后面看着秦始皇的车队经过时，他非常自信地说："这个人我可以取而代之。"一旁的叔父赶紧捂住他的嘴，训斥他："不要乱说！这可是灭门的大罪。"但是，叔父从此开始对项羽另眼相看，认为他是个胸怀大志的孩子。只不过当时没有人会想到，后来这个少年的豪言竟然真的实现了。

同样是秦始皇出巡的看客，另一个名叫刘邦的成年男子却和项羽想的不一样。刘邦出身草根，后来在家乡做了个亭长的小官。有一次他在送服役的人去咸阳的路上，正巧遇到秦始皇出巡。远远看去，大队人马在宽敞的大街上徐徐行进，秦始皇坐在华车上威风八面，刘邦羡慕得脱口而出："大丈夫就应该是这个样子呀！"后来，他成了汉朝的开国皇帝。

项羽和刘邦这时还都是秦朝治下的子民，但很快两个人就将被卷入历史的车轮之中，在秦末的乱世中登上历史舞台。

破釜沉舟的决战

陈胜吴广起义后，过去六国的贵族们也纷纷开始起兵复国，其中以原来楚国的势力最强。

曾经的少年项羽这时已经成年，他高大魁梧，而且力大无穷，传说能举起几百斤重的青铜大鼎，有万夫不当之勇。作为楚国名门之后的项羽，凭借高超的武艺和出色的战功，成了楚军中的重要将领。

秦将章邯奉命镇压六国的起义军，并将赵王等人围困在巨鹿（今河北平乡）城中。无奈之下，赵王派使者向楚怀王以及各国诸侯求援。楚怀王任命宋义为主帅，

破釜沉舟的巨鹿之战

率兵五万前往救援，项羽担任次将。当时秦军有四十多万人，战斗力很强，宋义不敢与秦军正面交锋，便在行军途中编了个理由停军不前，逗留了四十多天。项羽多次向宋义建议尽快进军，宋义却充耳不闻，只顾饮酒作乐。当时天气寒冷，士卒又冷又饿。项羽见状认为不能再拖延下去，便自作主张将宋义直接斩杀。诸将吓得面面相觑，又畏惧项羽的勇武，于是一致推举项羽暂时代理楚军主帅。

当时，赶来救援赵国的诸侯联军都驻扎在巨鹿城旁边，因畏惧秦军而不敢轻举妄动，更不敢上前挑战。只有项羽不畏强敌，带领士兵渡河与秦军作战。为了激发楚军的斗志，项羽命令将渡船全部凿沉，把釜甑（fǔ zèng）砸烂，只带三天的粮食，以展示必胜的决心。结果，楚军将士发挥出了超常的实力，大破秦军。巨鹿之战成为历史上以少胜多的著名战役，并留下了"破釜沉舟"的典故。

经此一战，项羽威震诸侯。战后诸侯联军的将领受到项羽召见时，个个跪着前行，谁也不敢抬头仰视。项羽从此成为各路诸侯军的统帅。

斩蛇起义的传说

比起项羽，刘邦的发家史可就没有那么辉煌了。与出身楚国将门的项羽相比，刘邦只是一介平民。他没学过什么过人的武艺，偷鸡摸狗、打架斗殴之类的行当还行，像项羽那样带领千军万马打仗，他连做梦都不敢想。

刘邦年轻时当上了泗水亭长，这是秦朝级别很低的小官，负责十里之地的治安。有一次，刘邦押送一批服劳役的农民去骊山给秦始皇修陵墓，途中大部分人都因不愿服役而逃走了。刘邦暗自合计，押送任务没完成，自己即使到了骊山也会按律被杀。于是他中途停了下来，把剩余的人都放了，只带着十几个愿意追随自己的人逃走了。

就这样，刘邦走上了反秦起义的道路。不过他的势力实在太弱小，为了提高这支部队的知名度，他开始让手下的人向外界神秘兮兮地讲一个故事。

这个故事讲的是：有一天晚上刘邦喝多了，醉醺醺地在一片沼泽地中行走，又让一个农民在前面探路。这个人回来报告说："前面有一条大白蛇挡路，我们还是回去吧。"刘邦趁着酒劲说："大丈夫独步天下，有什么好害怕的!"于是他走上前去,拔剑将蛇砍成了两段。

当天夜里,有人见到一个老太太在路边啼哭,就问她为什么哭泣。老太太说:"我的儿子是白帝的儿子,变成蛇横在路上,被赤帝的儿子杀了,我怎么能不伤心呢?"由于白蛇是刘邦斩杀的,所以大家都认为他就是赤帝的儿子。

斩白蛇的故事越传越广,人们都相信刘邦有君王之命,于是越来越多的人前来投靠他。刘邦攻下沛县后,被称为"沛公",势力不断壮大。

刘邦虽然打仗不如项羽,但是运气却好得出奇,也更懂用人和谋略。他趁着项羽在巨鹿与秦国主力部队杀得难解难分之际,带兵绕道而行,顺利进入了关中。当时,野心不断膨胀的赵高杀死了秦二世,立子婴为秦王,而子婴又在大臣的支持下诛灭了赵高。带领大军兵临咸阳城下的刘邦本以为还要打一场硬仗,没想到子婴见大势已去,竟然主动开城投降了。

被胜利冲昏了头脑的刘邦有点飘飘然,开心地住进了皇宫,还派重兵把守函谷关,防止其他诸侯军进入。刘邦看着满目繁华的咸阳城,漫步在富丽堂皇的秦宫殿,一时竟以为关中已是自己的囊中之物了。

3. 楚霸王与汉王的决战

鸿门宴

项羽打败秦军后，意气风发地准备进军咸阳。没想到刚走到鸿门这个地方，就接到报告说刘邦已平定关中，并派重兵把守着函谷关。项羽听后大怒，心想就在自己浴血奋战的时候，刘邦这个人却趁机抢了头功，是可忍孰不可忍！于是，项羽准备率领诸侯联军打破函谷关，杀进咸阳城收拾刘邦。

项羽的叔父项伯曾经受过一个名叫张良的人的救命之恩，而此刻张良正在刘邦军中，于是项伯便连夜来见张良，劝他赶紧逃走。张良得到消息后大吃一惊，他一面稳住项伯，一面连夜去见刘邦。他向刘邦分析当前的各种利弊关系，劝说刘邦不要与项羽正面对抗，当务之急是保命。

刘邦心怀感激地答应了。他当晚就与项伯结为儿女亲家，并且声泪俱下地保证自己从未有过非分之想，派兵把守函谷关只是为了防止别人来抢夺咸阳的金银珠宝，想等项羽来了一并献上。项伯相信了，回去就在项

项庄舞剑，意在沛公

羽面前帮着刘邦说了许多好话。项羽听后半信半疑，为了试探刘邦的忠心，便邀请他到鸿门赴宴。

刘邦收到邀请后毕恭毕敬地去了，一见项羽便用各种好话小心翼翼地吹捧。项羽见刘邦如此谦卑，也不好意思直接下手，便设宴款待。可是被项羽尊称为"亚父"的谋士范增明白，刘邦能做出带兵进咸阳的事，一定野心不小，留下来必定是个祸患。范增多次示意项羽赶紧杀刘邦，但是项羽根本没把刘邦放在眼里，认为此时杀了他有损自己的名声，始终不理会范增的示意。

最后范增坐不住了，出门找来项羽的堂弟项庄，让他借口入帐为大家舞剑助兴，趁机将刘邦杀掉。项庄一口答应，提剑入帐舞起来，剑锋却总是朝着刘邦挥去——这就是所谓"项庄舞剑，意在沛公"。项伯看出了项庄的杀意，为了保护昨夜才结下的亲家，便也拔剑起舞，时不时用身体掩护刘邦，使项庄无法得手。

张良看得心惊肉跳，连忙到军营门口找到刘邦手下的猛将樊哙。樊哙一听情况危急，也顾不了许多，拿着盾牌冲进了大帐，怒目圆睁瞪着项羽。项羽先赐他一杯酒，又赐他一条生猪腿，樊哙把酒一饮而尽，把猪腿放在盾上，拔剑切着吃。项羽连连称赞他是壮士，樊哙说：

"沛公遵照约定，进了咸阳任何东西都不敢动用，退回霸上等待大王到来。大王不仅没有赏赐，反而听信小人的谗言，想杀有功之人。我认为大王这样做不妥！"项羽默不作声。

过了一会儿，刘邦借口上厕所，出门后急忙抄小路回到自己的军营。张良估计刘邦已经快到了，便进帐向项羽解释说："沛公不胜酒力，已经先回去了，这些玉器是献给大王和亚父的礼物。"项羽接受了礼物，没再说什么。看到项羽一脸不在意的样子，范增生气地说："将来夺取项王天下的人一定是刘邦，我们都要成为他的俘虏啦！"

如虎添翼的汉王

公元前206年，二十七岁的项羽进入咸阳。当初楚怀王曾与众将约定，先带兵攻入咸阳的可封为"关中王"。项羽对刘邦先进入咸阳一事很是不满，自称"西楚霸王"，以天下共主的姿态分封诸侯，故意将刘邦分封到偏远且交通不便的汉中、巴蜀一带。同时他还把关中的地盘一分为三，封给秦国投降来的将领为王，让他们与刘邦抗衡。刘邦很不开心，原本想与项羽开战，他手下的萧何却劝谏道："在汉中为王虽不太好，但不是比死要强多了吗？"刘邦说："为什么会死呢？"萧何回答说："我们的兵将不如人家多，百战百败，除了死还能怎样？而且能屈于一人之下，而在万乘诸侯之上伸展其志的人，只有商汤和周武王。我希望大王能在汉中称王，休养百姓，招贤纳士，收用巴、蜀的财力，回军平定三秦。在这之后就可以谋取天下了。"刘邦采纳了这一建议，屈就赴任的同时招贤纳士，以图天下。他还听从张良的建议，故意将进出汉中的栈道都毁掉，以打消项羽的疑虑。

刘邦善于用人的优势得到了充分发挥，除了有张良、陈平等杰出谋士的辅佐，刘邦麾下又得到了一员大将——韩信。韩信原本追随项羽，但不受重用，便转投刘邦。可是刘邦一开始也不看重他，只让他做了一个小官。觉得自己怀才不遇的韩信于是在一天夜里趁着月色逃走了。不过，刘邦最信赖的丞相萧何深知韩信的才华，得到消息后便赶忙去追，终于追回了韩信。

有人见萧何跑了，便向刘邦报告。刘邦大惊，如同失去了左右手一般。萧何回来后，刘邦质问他："你为什么逃走？"萧何回答："我是去追逃跑的人了。"刘邦连忙问是谁,萧何说是韩信。刘邦生气地说:"我才不信!那么多人都逃走了,你为什么偏偏追他?"萧何不慌不忙地说:"其他人都不算什么,但韩信是独一无二的。大王如果想争夺天下,非韩信不可。"

刘邦听了半信半疑地表示,可以让韩信当个将军,可萧何却摇摇头。刘邦说:"那么就让他做大将。"萧何说:"大王如果诚心拜他做大将,就该挑个好日子,搭起一座高坛,按照任命大将的仪式办理,韩信才会诚心效忠于大王啊!"

刘邦答应了。将领们听说汉王要任命大将,都以为自己会是候选人,结果仪式上宣布的却是此前默默无闻的韩信,全军上下都大吃一惊。但韩信很快就用战绩证明了自己的军事才能,成为刘邦制胜的法宝。

划分楚河汉界

项羽本想通过分封让天下回到战国时代相互制约、和平共处的状态,但是这违背了大一统的历史潮流。诸侯们认为分得不够公平,对项羽很是不满,之后更是为了争夺地盘,又开始相互打成一团。项羽只好四处镇压,忙得不可开交。另一边，刘邦经过一段时间的养精蓄锐，趁项羽无暇四顾的时机果断出手，节节胜利。他不仅夺回了关中，还一举攻下了楚国的都城彭城（今江苏徐州），渐渐积攒了可与项羽抗衡的实力。

后来，楚、汉僵持在河南荥（xíng）阳的一条鸿沟两侧，展开了长达四年的拉锯战。由于双方都已打得非常疲惫，便约定暂时停战，以此为界重新划定地盘，各自休养生息。这条鸿沟便被称为"楚河汉界"。

签订完停战协议，项羽便安心回去了。刘邦的属下此时却向刘邦建议："如今您已拥有天下的大半，诸侯各国也大多归附。而项羽一方粮食匮乏，将士疲劳厌战，这正是上天要灭亡他的时机，您要好好把握呀！"

刘邦觉得在理，于是，汉军撕毁停战协定，突然对楚军展开攻击。与此同时，刘邦也与各诸侯约定，消灭项羽后将与诸侯各国共有天下。过去项羽的实力太过强大，早已被各诸侯国视为自己称霸的眼中钉。现在既然汉王刘邦肯挑头，大家便一拥而上参加围剿项羽的会战。最后，项羽的数万楚军被围困在垓（gāi）下，周围是刘邦和各路诸侯的五六十万联军。

不过，在当时人们的心中，项羽如同战神一样，他带领的军队总能以少胜多。这么多年来，刘邦已经多次领教过项羽的实力，这时他仍然不敢轻举妄动。

霸王的结局

当项羽全军被重重围困之际，在谋士的建议下，刘邦派人在垓下四周唱起楚地的民歌来。军人在外打仗，最忌军心涣散，楚军一听到来自家乡的民歌，都非常伤感，斗志一下子消磨殆尽。就连项羽也乱了方寸，以为自己的家乡已被汉军全部占领，所以军营中才会有这么多楚人。

传说有一位美人虞姬，长年追随项羽。此时项羽想到自己已是英雄末路，恐怕难以在战火中护她周全，便悲壮地唱出一首《垓下歌》："力拔山兮气盖世，时不利兮骓（zhuī）不逝，骓不逝兮可奈何，虞兮虞兮奈若何？"虞姬随之唱和，表明了自己的必死之心，项羽也忍不住流下眼泪。周围的人见状，无不掩面哭泣。

当晚，项羽决定带着八百人冲出重围，做最后一搏。刘邦派五千骑兵紧随其后，下令务必擒杀项羽。项羽边打边退，最后只剩二十八人。

项羽自知已经无法脱身，对部下说："我从起兵到现在，历经七十余战，攻无不克，战无不胜。如今被困在此处，既然要决死一战，那就痛痛快快地打一仗，带诸君突出重围，让诸君知道是天要亡我，而非我不会打仗。"于是，他命令骑兵们分四面向山下冲，约在山下会合。项羽一边大呼，一边纵马下山，先斩杀一名汉将，又喝退一队汉军，随后飞驰中又斩杀一名汉将，一路上砍杀汉兵上百人。再次与骑兵们会合时，所有人中仅损失两骑，骑兵们钦佩地说："果然和大王说的一样。"

项羽一直逃到乌江边，乌江亭长已在那里等候多时，他说："大王快走吧，过了江就是江东。江东虽然不大，但也是方圆千里之地，有数十万民众，称个王也足够了。眼下乌江只有我这一条船，纵使汉军到了也没有办法追赶。大王快点过江，日后再图大业呀！"

项羽回头看到自己的将士一个个倒下，叹了一口气说："既然天要灭亡我，我又何必渡江呢！当初跟随我起兵的江东子弟现在都战死了，我即便回去，也没有脸再面对父老乡亲了。"于是项羽拒绝登船，将自己最爱的乌骓马送给亭长，然后挥剑自刎，时年不过三十一岁。

至此，楚汉之争最终以刘邦的胜出而告终。

读史点评

在很多人眼里，刘邦是个典型的无赖，遇到危险时甚至曾丢下妻子儿女独自逃命。而项羽破釜沉舟一战名闻天下，以"西楚霸王"的身份号令群雄，可谓一代人杰。但是，项羽虽然勇猛善战，却极其骄傲自负，听不进他人的劝告。项羽麾下本来不乏韩信这样的人才，他却做不到知人善任，感到怀才不遇的韩信因而投奔了刘邦的阵营，成为最终击败项羽的一支重要力量。即便是对自己最重要的谋士亚父范增，项羽也多次不听他的建议，一意孤行，连范增也意识到项羽最终必定败在刘邦手上。

与项羽比起来，刘邦虽然平时不拘小节，但作为一名统治者，他能任用各种人才，尽量壮大自己的势力。要说运筹帷幄之中，决胜千里之外，刘邦承认自己不如张良；要说治理国家，保证军需供应，自己不如萧何；要说统领百万大军攻城略地，那自己更比不上韩信。而刘邦之所以能够成功建立汉朝，就在于他能够恰当地任用这些人才，使他们各自的才能得到充分发挥。相比之下，项羽虽有一己之勇，最终却败在了缺乏谋略上，所以楚汉争霸最终以刘邦胜、项羽败而谢幕。

思考题

从楚汉争霸的故事中我们可以看到，刘邦善于使用阴谋诡计，甚至经常耍无赖，但仍然有萧何、张良、韩信等了不起的人才愿意跟随他，帮助他。想一想，这是为什么呢？

第三章

汉朝初定

1. 刘邦的内外征战

分封制的复活

消灭项羽以后,刘邦在各诸侯王的推举下称帝即位,定国号为"汉",刘邦便是汉高祖。和秦朝建立之初一样,就新兴的大汉王朝应该使用什么制度管理地方,大臣们展开了激烈的争论。

一部分大臣主张采用周朝的分封制,周朝就是靠着分封制才能维持长达近八百年的统治。但立刻有大臣反对说,分封制不利于加强中央集权,容易产生地方割据,最后变成春秋战国那种天下大乱的局面,这个教训过去还不算太久,所以还是郡县制好。可又有大臣站出来反驳:"秦国改用了郡县制又怎样,不还是短短十余年就灭亡了吗?"

大家吵了半天也没有个结果,最后刘邦决定采用折中的办法，在过去秦国的土地上实行郡县制，在过去六国的土地上实行分封制。反正也没有第三种方案能选，那就走一步看一步，逐渐摸索吧。就这样，之前被废除的分封制又在一定范围内复活了。这种既实行郡县制，又实行分封制的制度，后世称之为"郡国并行制"。

汉初经过多年的战争，天下经济凋敝，这种制度对于稳固各诸侯国的社会局面，因地制宜地恢复经济，起到了一定的积极作用。不过，分封制终究存在造成割据分裂的隐患，尤其是楚汉争霸时期遗留下来的刘氏之外的异姓诸侯王，从一开始就成为朝廷时刻提防的一块心病。

剪除异姓王

汉初的郡国并行制之下，诸侯王拥有很大的权力。在封国内，除了太傅和丞相由朝廷任命，剩下的各级官吏诸侯王都有权自行任命。此外，诸侯王还拥有封国内一定的军权和财权。

这些诸侯王中有的姓刘，是皇室的宗亲子弟，被称为"同姓王"。还有一些不姓刘的"异姓王"，大多是楚汉相争时曾帮助刘邦打败项羽的各大势力。这些异姓王在封地内有一定威望，又长期带兵打仗，刘邦对他们一直放心不下，等到天下初步安定，刘邦就开始向这几位异姓王下手了。

最先遭殃的是齐王韩信。在楚汉战争中，韩信的军事才能得到淋漓尽致的发挥。韩信率军攻下齐地之后，成为能够左右战局的一支决定性力量。为了争取韩信对自己的支持，刘邦封韩信为齐王，韩信也忠心耿耿地为刘邦的最后胜利立了大功，但刘邦始终对他心怀忌惮。

刘邦称帝后，把韩信从兵强马壮的齐国改封到楚国。韩信到了楚国后，有人诬陷他谋反。刘邦接到报告后很是担心，深知韩信是个极大的威胁，但自己可能又打不过。于是刘邦假称自己准备去云梦泽游玩，在路过楚国的陈县时邀请韩信前来相会。韩信知道不可不去，便只身前往，结果刚到陈县就被逮捕押回了洛阳。

经过一番调查，刘邦发现韩信并没有做谋反的事。但他害怕放虎归山会留下后患，便把韩信贬为淮阴侯，留在京城。韩信心中十分不满，但也无可奈何。

有一天，刘邦把韩信召进宫中闲聊，要他评论一下朝中各个将领的才能。韩信一一点评，语气傲慢，并没有把那些人放在眼里。刘邦听了便笑着问："那依你看，朕能带多少兵马?"韩信回答:"十万。"刘邦又好奇地追问:"那你呢?"韩信回答:"我当然是多多益善了。"刘邦听了很不高兴地问:"那你怎么还会被我降服呢?"韩信知道说错了话,连忙掩饰说:"陛下有的是驾驭将领的能力呀,别人是远远比不上的。"刘邦见韩信被贬后仍然这么狂妄,心中很不高兴。巨鹿郡守陈豨(xī)上任时,韩信鼓动他起兵反叛以自保,约定自己作为内应。陈豨按约定起兵,刘邦亲自率军去平叛。韩信也伺机而动,准备袭击吕后和太子。没想到在这个关键时刻,韩信的一名家臣因得罪他而被囚禁,家臣的弟弟便向吕后告发了韩信谋反的计划。吕后将韩信骗到长乐宫中,将他杀死。

韩信死后,其他诸侯王之中再也没有人能威胁刘邦。于是,刘邦快刀斩乱麻,将燕王臧荼(tú)、梁王彭越、淮南王英布以谋反罪杀掉。赵王张耳受到牵连,被贬为列侯。长沙王吴芮见状不妙,赶紧把手中为数不多的军队大部分还给朝廷,又把自己大部分领地让给同姓王,表示愿意告老还乡,做个普通百姓。刘邦觉得吴芮不会构成威胁,便留下了长沙国,直到吴芮的后代一个人都没有了才收归朝廷。

与匈奴的战与和

匈奴是战国时期在中国北方兴起的一个强大的游牧民族。他们的最高首领称为"单于",控制着蒙古高原及周边的广大地区。匈奴擅长骑射,时常南下侵扰,对于中原政权而言是个长期的威胁。秦末汉初,冒顿(mò dú)单于统一了草原,使匈奴的势力空前强大。匈奴人趁中原大乱之际南下,占据了河套地区,常常以此为跳板侵扰汉朝的北部边境。

汉初有位与齐王韩信同名的异姓诸侯,被封为韩王,史称"韩王信"。公元前201年,刘邦以防御匈奴为名,将韩王信的封地从今河南地区迁到今山西一带。结果这年秋天,冒顿单于率十万大军来袭,韩王信被围困,只好向匈奴求和。消息传到朝廷后,刘邦便写信责备韩王信。韩王信一看打不过匈奴,不打的话刘邦有可能借机杀掉自己,便干脆投降匈奴,并勾结匈奴打下了太原。刘邦得知后大怒,率领三十多万大军御驾亲征,想一举收复失地,荡平匈奴。结果由于轻敌冒进,中了匈奴的诱兵之计。刘邦和先头部队在平城(今山西大同东北)的白登山被围困了七天七夜,几乎陷入绝境。这时,谋臣陈平想出了一计。他看到单于对阏氏（yān zhī，单于之妻）十分宠爱，于是建议从她下手。刘邦采纳了陈平之计，派使者秘密地送给阏氏很多礼物，请她帮助自己脱困。

于是阏氏对冒顿单于说："两方的君王不能相互围困。即便得到汉朝的土地，单于也不能在那里居住；而且汉王被围却不见慌乱，想来是有神灵相助。希望单于认真考虑这件事。"单于本来与韩王信的部下约定了会师的日期，但对方没有按时到来，单于怀疑他们勾结汉军，就采纳了阏氏的建议，打开包围圈的一角。于是刘邦得以带军冲杀出来，同汉朝大军会合，顺利脱险。

刘邦看到确实打不过匈奴，便试图与其和亲，也就是将汉朝皇室的女子嫁给匈奴单于，利用婚姻关系换取和平。匈奴单于也知道汉朝一时难以灭掉，况且匈奴人逐水草而居，也不习惯中原的农耕生活方式，没必要与汉朝以死相拼。如今不用打仗就能获得中原的粮食、钱财及生活必需品，当然也是很好的，于是就接受了汉朝的和亲提议。

和亲之后，匈奴人退回了草原，汉朝获得了短暂的和平。汉匈问题就此留给了后人。

2. "无为"的治国之道

萧规曹随

西汉建立之初，因连续多年的战乱，人口比秦朝时减少了近一半。当时有一个叫曲逆的县城，原本有三万多户居民，战后只剩下不到五千户。而刘邦路过曲逆时却称赞说："这座县城好壮观哪！我走遍天下，只有洛阳和这里最为繁华。"可见汉初的社会已经破败到了何种程度。因此刘邦采取了休养生息的政策，减轻农民的负担，以恢复和发展生产。

刘邦去世后，太子刘盈即位，也就是汉惠帝。不久，丞相萧何也去世了。吕后和汉惠帝按照刘邦生前的遗愿，让开国功臣曹参接任丞相。俗话说"新官上任三把火"，可是曹参当上丞相后，仍旧按照萧何定下的章程处理国家大事，一点都不变动，就像没有自己的主见一样。每当有大臣向他提出新的大政方针时，曹参就请他们一起喝酒，喝到客人酩酊大醉，没有机会提出建议。

满心想干一番事业的汉惠帝看到曹参这种表现，心里很是着急。当时曹参的儿子曹窋（zhú）在皇帝身边当差，汉惠帝便让曹窋放假回家时规劝自己的父亲："高皇帝（刘邦）刚刚去世，皇帝年轻有为，正是建功立业的时候。您作为丞相，每天除了喝酒其他什么事都不管不问，这样不是太不负责任了吗？"交代过后还特地告诉曹窋，千万不要说是自己教他这么说的。

曹窋答应了，回家后就用汉惠帝的这番话规劝父亲。曹参听后很生气，打了曹窋二百鞭子，训斥道："快进宫侍奉陛下去，国家大事不是你应该谈的！"第二天上朝时，得知此事的汉惠帝责备曹参说："您为什么要惩治曹窋呢？是我让他规劝您的。"

曹参赶紧谢罪，并问道："请问陛下，您认为您和高皇帝比哪个更英明呢？"汉惠帝回答："高皇帝戎马一生，建立了大汉，我怎么敢跟先帝相比！"曹参又问："陛下觉得我和萧何丞相比，谁更能干呢？"汉惠帝很坦率地回答："您好像不如萧丞相。"

曹参于是说："陛下说得很对。高皇帝和萧何丞相平定天下，法令严明，现在陛下您只需无为而治，臣等只需谨守职责，遵从高皇帝所定的典章制度而不违失，这就可以了。"汉惠帝这才明白曹参的良苦用心，说："您说的对。"这就是"萧规曹随"这个典故的来历。

其实，曹参的做法看似简单，背后却另有深意。他深刻地认识到，自秦代以来，天下长期处于动乱之中，百姓特别需要社会的安定和政策的稳定。所以，曹参这种"无为而治"的政治思想，正是顺应时代要求、合乎民心的选择。

曹参死后，遵照刘邦生前的安排，王陵、陈平等人相继辅政。他们继续坚持"无为而治"的方针，保持汉初以来的基本政策，百姓生活和社会经济也顺利地得以恢复和发展。

平定诸吕之乱

汉惠帝刘盈即位时虽已十七岁，但朝中大权实际上仍掌握在强势的太后吕雉手中。

吕后是个嫉妒心很强的人，掌权后便下令将汉高祖的宠姬戚夫人幽禁起来，并毒杀了她的儿子赵王刘如意。吕后对戚夫人施以非人的折磨，砍断了她的手脚，剜掉眼珠，熏聋耳朵，灌下哑药，把她称为"人彘（zhì，猪）"。惠帝看到之后大哭一场，从此得了病，派人去对太后说："这不是人干的事。我做了太后的儿子，终究不能治理天下。"几年后,年仅二十三岁的惠帝因病去世。吕后临朝称制,从后宫走上朝堂,代理皇帝行使最高权力。

临朝期间,吕后一方面继续执行高祖和惠帝时期与民休息的政策,一方面则极力培植吕氏势力、打压刘氏势力。吕氏家族的吕台、吕产、吕禄及吕通等人先后被封王,"非刘氏不得封王"的规定彻底被打破了。

刘氏宗族和朝廷大臣对此虽然非常愤慨,但是都惧怕吕后的残暴手段,敢怒而不敢言。几年后,吕后因病去世。吕氏诸王失去了靠山,他们害怕以后会遭到刘氏报复,便秘密谋划造反,准备夺取刘汉政权。密谋的消息很快传到了刘氏宗亲那里。为了保卫刘氏江山,他们与太尉周勃、右丞相陈平等人暗中联系,希望得到这些既有威望又有实力的老臣的帮助。

当初跟随刘邦打天下的这群功臣,在汉初形成了一个强大的利益群体,在朝廷和军队中都有很高的声望,以维护王朝稳定为己任。收到刘氏宗亲的求助消息后,太尉周勃亲自驾车冲进军营,高声呼喊:"拥戴吕氏的袒露右肩,拥戴刘氏的袒露左肩。"结果大家都袒露左肩,表示支持刘氏。掌握军队后,他们便分头捕杀吕氏诸王,并将吕氏族人不管男女老幼全部杀死。至此,吕氏集团被彻底剿灭，统治大权重新回到了刘氏宗亲与功臣集团手中。

文景之治

刘恒是刘邦的第四子，母亲薄姬并不受宠，母子二人也很少有机会能见到刘邦。刘恒八岁时到偏僻的边境做代王，此后十余年间他实行与民休息的政策，将代地治理得安定繁荣。诛灭诸吕后，功臣集团及刘氏宗室经过反复讨论，最后决定立代王刘恒为帝。他就是历史上有名的汉文帝。

汉文帝即位后，对内继续采取轻徭薄赋、与民休息的措施，减轻农民的负担，着力于恢复农业生产，并多次颁布诏令，救济、抚养贫困老人。对外则继续与匈奴和亲，尽量减少战争给百姓带来的沉重负担。

百姓的经济负担逐渐减轻，但当时的刑罚仍保留着秦朝以来残酷的肉刑，犯罪之人动辄就要被砍脚、削鼻。文帝时有个管理仓库的小官淳于意，因得罪了权贵而被人诬告，地方官吏判他有罪，要押送到长安处以肉刑。淳于意有个十五岁的女儿叫缇（tí）萦，她一路照顾父亲

为"文景之治"奠定基础的汉文帝

到了长安，并上书汉文帝为父求情："对于犯罪之人，施加刑罚的目的是让其重新做人，可是毁坏犯人的肢体，怎么能够劝人为善呢？"汉文帝被她的孝心和勇气深深感动，觉得她的话合乎情理，就召集大臣商议，把肉刑改为打板子，从此正式废除肉刑。汉文帝还一并废除了秦代以来一人犯错家人全部判刑的连坐法。

汉文帝之后，他的儿子汉景帝继续施行轻徭薄赋的经济政策，在法律上强调尽量宽松、更加谨慎地使用刑罚。

文帝和景帝父子都以身作则，大力提倡节俭，他们常常穿着粗布衣服，参加民间劳动。在田租税率方面，他们将汉初的"十五税一"调整为"三十税一"，即按亩产的三十分之一纳税，开创了中国古代田赋税率最低的时代，而且几十年没有变过，大大减轻了农民的负担。

在文帝、景帝两代人的努力下，汉朝社会经济获得显著的发展，统治秩序也日渐巩固。据《汉书》记载，当时由于国内安定，只要不发生大的水旱灾害，百姓就都能自给自足。各地的粮仓里堆满了粮食，京城仓库里的粮食陈陈相因，有的发霉变质了，钱仓里的铜钱也多到用不完，最后连穿钱的绳子都烂掉了。汉景帝的弟弟梁孝王的墓中,黄金珠宝竟然有数万斤之多。梁孝王之子梁共王的墓虽然曾被盗掘多次,但仍然留下了两百多万枚铜钱和各种珍贵文物。由此可见当时经济的富庶程度。

这样的治世景象成为后世历代统治者追求的目标,史称"文景之治"。

3.七国之乱

一桩命案埋下的仇恨

汉初实行郡国并行制,虽然异姓诸侯王后来被刘邦用各种手段消灭了,但同姓诸侯王对国家分裂的潜在危险却一直在暗中滋长着。

刘邦有个侄子叫刘濞(bì),他打仗勇敢,很有智谋。淮南王英布造反时,刘邦亲自率兵前去平叛。当时,年仅二十岁的刘濞以骑兵将领的身份立下战功,受到了刘邦的厚爱。打败英布以后,刘邦担心吴越之地的百姓轻佻强悍,不服皇权,想要派个勇猛的诸侯王镇服他们。于是他封刘濞为吴王,统辖东南三郡五十三城,定国都于广陵（今江苏扬州）。

拜官授印后，刘邦忽然开始担心这个侄子会在自己百年之后不服朝廷的辖制，于是他拍着刘濞的肩膀说："你的样子看起来有反相啊。我预测汉朝建立五十年后，东南方向将发生叛乱，不会是你吧？天下刘姓皆为一家，希望你谨慎一点，不要造反。"刘濞吓得赶紧叩头说自己不敢。

吴国建立之初拥有很大的财税自由，可以自行铸钱。当时，吴国境内的铜矿产量很大，于是刘濞就大量铸造铜钱，甚至一度比朝廷铸造的铜钱还多。此外，刘濞还在海滨煮海水为盐来贩卖。凭借着铜盐之利，又不用向朝廷纳税，吴国的财力变得非常雄厚。

刘濞的儿子中有一个叫刘贤的，因受父亲宠爱而非常骄纵，在吴国境内无人敢惹。汉文帝时，有一次刘贤进京游玩，和皇太子刘启喝酒下棋，结果下着下着起了冲突，最后竟然打了起来。刘贤的外貌比较彪悍，刘启有点害怕，就拿起棋盘去打他，竟失手把刘贤打死了。

刘启是皇太子，当然不能以命抵命，刘濞因此对朝廷产生怨恨，从此称病不再进京朝见皇帝。汉文帝也觉得理亏，便没有过分责备刘濞，并特地赐予他倚几与手杖，允许他直到老死都可以不来朝见天子。但令汉文帝想不到的是，正是这个吴王刘濞，后来成为七国之乱的发动者。

晁错献策

汉文帝死后，皇太子刘启即位，史称"汉景帝"。当时，朝廷和诸侯王的矛盾日益激化，御史大夫晁错便向汉景帝献上《削藩策》，说明各种利害关系。

他在《削藩策》中说："现在诸侯王的势力很大，削减封地他们会造反，不削减封地任由其壮大，他们早晚也会造反。现在削减封地，他们准备还不充分，就算造反危害也小。如果以后再削减封地，等他们发展得更强大了，造成的危害就会更大。削减诸侯王封地这件事宜早不宜迟。"汉景帝被说动了，于是开始着手削藩。

公元前154年，楚王刘戊进京朝拜时，晁错找到了削弱楚王的机会。他发现了楚王在为太皇太后服丧期间偷偷淫乱的证据，按照汉朝的法律，这可是杀头的大罪。汉景帝下诏赦免了楚王的死罪，让楚国还给朝廷一个郡作为惩罚。紧接着，景帝又开始追究赵王刘遂两年前犯的错误，作为惩戒，拿走了赵国的河间郡。不久，又有人检举胶西王刘卬（áng）售卖爵位，徇私舞弊，朝廷下令削减其六个县。

随后，汉景帝与群臣商议，准备着手削夺吴王刘濞的封地。可刘濞毕竟是四朝老臣，是吴国的开国诸侯，绝不会像楚王、赵王那样坐以待毙。所以，当朝廷还在商议怎么给吴国挑错的时候，刘濞已经亲自出使胶西，并派人前往楚、赵、淮南等国，串通好一同起兵造反。因为刘濞在各诸侯王中年龄最大、辈分最高，各国约定全部听从他的号令。

诸侯王的溃败

刘濞回到吴国后不久，朝廷要削夺吴国封地的诏令便到了。早已有所准备的刘濞杀掉朝廷派驻在吴国的各级官吏，以"诛晁错，清君侧"的名义，联合楚、赵、济南、淄川、胶西、胶东等六国诸侯公开反叛朝廷，史称"七国之乱"。

为了增强自己的势力，刘濞将国内十四至六十二岁的男子全部强征入伍，聚集起二三十万大军。又派人与匈奴、东越、闽越等汉朝周边的势力勾结，会合楚国军队，举兵向西进攻京城长安。由于七国早有预谋，所以叛军一开始进展顺利，势如破竹。

朝廷见状惊恐万分。曾当过吴国丞相的袁盎向汉景帝建议诛杀晁错，满足叛军"诛晁错"的要求，以换取他们退兵。紧接着，丞相陶青、廷尉张欧等大臣也联名上书，提议将晁错满门抄斩。汉景帝迫于无奈，只得将晁错腰斩。可晁错被杀后，七国联军并未撤兵，反而因此认定汉景帝软弱无能，变得更加嚣张。眼看求和无望，朝廷君臣这才同仇敌忾，决定全力平叛。

汉景帝派周勃之子太尉周亚夫率领三十六位将军抵御吴楚联军，并另外派人领兵对抗其他叛军。吴楚联军是叛军的主力，兵力最多，战斗力也最强。联军路过梁国时，遭到梁王刘武的顽强抵抗。刘武是汉景帝的亲弟弟，凭借太后的宠爱，是当时最骄纵的诸侯王之一。他平时就酷爱打猎，收养勇士，把城池修得又高又大，在城内储存了无数兵器和粮食。刘武知道，一旦叛军攻入长安，自己作为景帝的弟弟肯定没好下场。因此，他以梁国举国之力拼死守城，与吴楚联军血战。

吴楚联军使出全力也没攻下梁国的都城，弄得人困马乏，周亚夫趁此机会派兵断绝了叛军的粮道。没有了军粮，吴楚联军的士兵饿死或投降的很多，周亚夫趁机率军追击，大破吴楚联军。吴王刘濞带领数千人趁夜逃走，不久被人杀死。楚王刘戊得知后，自知无力抵抗朝廷大军，也自杀身亡。看到实力最强的吴、楚两国都被打败了，其他叛乱的诸侯王也逃的逃、降的降。

在梁国的坚守和周亚夫的进击之下，叛乱在三个月内被平定了。同姓诸侯王的势力受到沉重打击，汉景帝趁势进一步削弱各诸侯王的权力，使朝廷的权力和皇帝的威望大大加强。

读史点评

"无为"这个概念出自老子的《道德经》，是道家重要的治国理念。当然，"无为"并不是指什么都不做，而是要求国君不任性妄为，不要过多地干涉百姓的生产和生活。为了帮助人们理解什么是"无为而治"，老子还举例说，"治大国若烹小鲜"。烹煎小鱼不能多加搅动，多搅则易烂，治理大国的道理也是一样，不可翻来覆去地折腾，尽量不要扰民。

汉朝建立之初，社会刚刚经历多年的战乱，经济凋敝，百姓生活困苦。连贵为皇帝的刘邦都找不到四匹毛色一样的马来驾车，文武大臣则大多只能乘坐牛车，可见举国上下物资匮乏的窘境。在这种状态下，汉初从朝廷到民间都迫切要求休养生息、恢复经济，而"无为而治"的治国理念恰好适用。从汉初到文景之治，几代皇帝一直以"无为而治"为原则来治国。百姓的诉求其实很简单，不过是希望社会安定，能够安心生产。无论何时，只要是能够休养生息、爱惜民力的政策，对于百姓而言都是好的。

思考题

汉初经济凋敝、民生困顿,经过几十年的发展才恢复元气。想一想,文帝、景帝时期采取了哪些具体措施,从而推动了"文景之治"的出现?

第四章

汉武帝的时代

1. 尊崇儒术

汉初的黄老之学

从汉高祖刘邦建国之初到文帝、景帝时期,汉朝皇帝一直将"黄老之学"作为治国思想。这种思想形成于战国时期,以道家为主,推崇黄帝和老子的"道"和"无为"思想。

这其实是一种基于当时现状的选择。汉朝刚建立的时候百废待兴,用何种思想治国是刘邦首先要面对的问题。刘邦原本是楚国人,受楚文化影响很深,当时楚国最流行的便是儒、道、法三家的思想。秦王朝刚刚被推翻,人们普遍认为秦朝就是因为过于迷信法家思想才灭亡的,刘邦害怕重蹈覆辙,首先便把法家排除在外。至于儒家,在刘邦看来,儒士们的规矩太多,如果天天按他们的礼仪去做事,实在是受不了。

这时，能选择的也就只剩下道家了。道家主张清静无为，执行起来相对容易，也很合刘邦的胃口。刘邦当初在关中曾用"约法三章"的简单手段取得过很好的治理效果，加上当时的主要智囊张良等人也都极其推崇黄老之学，最后刘邦决定就用这种思想来治国。而"无为而治"的做法也正好适应汉初社会经过长期战乱对安定平稳的需求，使百姓得以休养生息，恢复和发展生产。

之后，惠帝完全照搬汉高祖刘邦定下的国策，出现了"萧规曹随"式的传承。其后文帝面对诸吕之乱后的局面，景帝又遇上七国之乱，同样需要休养生息。所以，"无为而治"的治国思想直到景帝时期都在沿用。

年轻的武帝与大儒董仲舒

汉景帝去世后，太子刘彻即位，是为汉武帝。与前面四位皇帝不同，汉武帝从出生到即位都相对比较顺利，既没有经历血腥的战争，也没有被放逐外地的历练。他七岁被立为太子，十六岁登上皇位，这位少年天子踌躇满志，想要改变现状，干出一番事业。

在年轻的汉武帝看来，黄老之学显然已经不能适应他的需要。道家所提倡的无为而治与小国寡民，与他想要建立一个强大帝国的愿望完全是相悖的。他现在迫切需要一种新的治国思想，既能加强中央集权，又能更好地执行自己的意志。在春秋战国以来形成的诸子百家中，他最终选中了儒家。

汉武帝登基后不久便下诏，命令朝廷推举贤能、正直、敢于直谏的人才。丞相卫绾（wǎn）上奏说："有些被推举上来的贤良之才，回答策问时引用商鞅、韩非等法家和苏秦、张仪等纵横家的话，祸乱朝政。还请陛下不要重用他们。"汉武帝同意了他的上奏，不再任用法家、纵横家这两派的人。几年后，汉武帝的舅舅田蚡（fén）担任丞相，汉武帝授意他把黄老刑名等百家之言都排斥到官学之外，而以优厚的待遇招揽大量儒生进入官府。

公元前134年，汉武帝再次下诏征求治国方略，这一次，当时有名的大儒董仲舒被推举参加策问。董仲舒自幼酷爱读书，常常废寝忘食。父亲为了让他有散心休息的场所，耗时三年，专门在家里修建了一座花园。园中绿草如茵、鸟语花香，其他人见了都夸赞修得精致，董仲舒却一次都没有去游玩过，依然埋头学习。他遍读儒家、道家、阴阳家、法家等各家书籍，终于成为一代大儒。

汉武帝连续三次策问的基本内容都是天人关系问题，称为"天人三策"。在对策中，董仲舒提倡以思想的大一统来保证政治的大一统。他广泛吸收了当时颇为流行的阴阳五行学说，重新对儒家经典《春秋》的核心精神进行阐释，阐发"天人感应"思想。他主张人间的一切都要服从上天的统治，皇帝是天之子，天通过各种奇异的天象对天子的统治加以指示。天子服从于天，并代天行政，百官万民则通过忠君敬上来服从天的治理。

至此，董仲舒将儒家推上了宗教化的道路，儒家也成了"儒教"。

王道与霸道

董仲舒认为，百家学说的宗旨各不相同，如果人人各持己见，会使统治思想无法统一。于是他向汉武帝建议，尊崇孔子之术，运用政治权力禁止其他各家学说与儒家分庭抗礼。这一建议为中央集权体制和皇帝作为天子的权威提供了思想依据，因此受到汉武帝的大力推崇。

汉武帝将儒学立为官学，并不定期用举荐贤良的方式选拔官吏。皇帝自己出题考核，出题范围皆是儒家经典，凡是应答得当的即可授予官职。从此，儒家经学成了进入仕途的敲门砖，儒家的统治地位也得到了确立。在《汉书》中被后人称为"推明孔氏，抑黜百家"。

不过，这里的"抑黜"并非禁绝，其目的在于确保儒家在官学和朝廷中的崇高地位，而非彻底灭绝儒家之外的各家。因此，诸子百家在社会上仍可自由流传，读书人也可以根据自己的喜好尽情研究，只是无法通过这些学说来获得功名罢了。

汉武帝对儒术的尊崇其实也是有所保留的，并非只采用儒家一家的主张。在宗教方面，他仍然信任道家方士；在政治方面，他也仍然依赖法家。汉武帝尊崇儒术的背后，实际上是外儒内法、儒法并用，将儒家的理念与法家的手段相结合，开创了"王道"与"霸道"相融合的治国思想。他所重用的大臣中，许多都是既精通儒术，又深知刑名之学的人。

但不管怎么说，在汉武帝的直接干预下，研读儒家典籍的士人越来越多，儒家以飞快的速度发展起来，成为此后两千年间历代王朝治国的正统思想。

2. 向诸侯国宣战和充实国库

主父偃的精明计策

汉初实行郡国并行制以来，同姓诸侯王势力日益膨胀，一直是历代皇帝的一块心病。

为了限制和削弱同姓诸侯王的势力，汉文帝时，大臣贾谊曾提议"众建诸侯而少其力"，也就是把大诸侯国分为若干个小诸侯国，间接削弱其实力。但当时汉文帝刚刚即位，政局不稳，朝廷不敢得罪各诸侯王，因此并没有实施这个建议。之后汉景帝听从晁错的建议，直接削藩，结果导致了七国之乱。

汉武帝即位后，虽然再也没有吴、楚那样敢公然反叛的诸侯国，但是仍然存在一些实力强大的诸侯国，对于中央集权的加强终究是潜在的威胁。这时，大臣主父偃向汉武帝建议颁布"推恩令"，改变过去各诸侯国只能由嫡长子继承王位的制度，规定诸侯王的其他儿子也都可以从原来的诸侯国那里分得一块封地。这实际上延续了文帝时贾谊的思路，只不过这时朝廷与各诸侯王的实力对比已发生根本逆转，再也没有哪个诸侯王敢公开与朝廷叫板。

此举虽然遭到了诸侯王嫡长子们的反对，但是原本没有资格分到封地的其他儿子却都感激皇帝。于是朝廷与诸侯国之间的矛盾就变成了诸侯王诸子之间的矛盾。诸侯王虽然明知朝廷的用意是分散和削弱自己的势力，却也无可奈何，只能眼睁睁看着自己的封地被儿孙们化整为零，越分越小，最后再也没有力量与朝廷抗衡。

就这样，"推恩令"实施以后，原来的诸侯王国被分成许多个侯国，从与郡平级变为隶属于郡。诸侯王掌握的土地越来越少，朝廷直辖的土地则越来越多。朝廷不用主动出手，大的王国传上数代自己就分崩离析了。

在监督管理上，汉武帝也制定了比以前更为严格的律法。无论是王国还是侯国，如果强占土地超过了限定数量，或者不遵守法令、徇私枉法，或者欺压百姓、任命官吏不公平，或者和地方官员、豪强互相勾结等，触犯了任何一条，都会落得被除国的下场。汉武帝还会举办各种大型活动，每次都要诸侯王出钱，出不起钱的同样会被除国。

一开始，骄奢淫逸惯了的刘氏宗亲只想尽快得到封地，并没有太在意这些附加条款，等分到土地后才大呼上当。这些律令严格实施一段时间后,刘氏宗亲们分到手的土地大部分又被朝廷以各种名义收回去了。

就这样,在主父偃的天才谋划下,困扰了西汉几代皇帝的诸侯王问题,终于在汉武帝手里得到了彻底的解决。

经济鬼才桑弘羊

汉朝建立之初,汉高祖刘邦允许诸侯国自行铸钱,诸侯国的实力由此大大增强,但是这也导致私人铸币现象严重。汉景帝时曾想对此进行治理,但被七国之乱打断。到了汉武帝时,由于诸侯国问题已得到妥善解决,因此朝廷就有力量进行币制改革了。

公元前113年,汉武帝下诏停止郡国铸钱,以前所铸钱币一律熔毁。朝廷设立负责主持铸造钱币的上林三官,统一铸造五铢钱,不准其他私铸钱币在市场上流通,违者将受到严惩。由此,汉武帝将铸币权完全收归朝廷,郡国失去了铸币权,私铸盗铸的现象也得到了有效遏制。但朝廷铸币能力仍然有限,成为制约国家财政收入的因素之一。这时,汉武帝想起了自己少年时的伴读桑弘羊。

桑弘羊比汉武帝小一岁,在十三岁时就以精于心算而出名。桑弘羊出生在洛阳的商人家庭,当时洛阳是全国最发达的商业大都会之一,商贾云集。桑弘羊在这样的环境中长大,耳濡目染,渐渐地展现出不同寻常的商业天赋。少年时的他就能游刃有余地帮家里打点生意,常常能大赚一笔。桑弘羊很小的时候便有出相入将、封土拜爵的志向,凭借当时可以捐钱入宫做皇帝侍从的机会,在汉武帝身边担任伴读,深受信任。

汉武帝任命桑弘羊掌管财政,想办法增加朝廷的财政收入。桑弘羊就任后,首先推行盐、铁、酒的官营制度,禁止民间私自铸铁、煮盐、酿酒。盐和酒是汉代人的生活必需品,而铁更是制造农具和兵器必备的原料。这三种重要物资从制造到销售都由官府统一管理,不仅能够极大地增加朝廷的收入,还可以平抑物价。铁的专卖还有利于防范兵器外流,从而保证汉朝军队的优势,维护了国防安全。

除了垄断上面三种最赚钱的生意,朝廷还在各地设立均输官和平准官,负责收购各地价格便宜的商品,然后转运至其他地区贩卖。根据市场行情,贵时抛售,贱时收购,以此保持各地物价的稳定。官营的商品省去了税收的成本,运输所用的人力也可以用徭役抵充,朝廷以财力雄厚的国库为依托，每次购买的商品数量很多，单价成本极低。市场上没有商人能与朝廷做的生意相抗衡，朝廷的收入因此成倍增加，凡是朝廷看中的商品，没有不赚钱的。

充实国库的奇招

除了垄断盐、铁等重要物资之外，桑弘羊又找到另一条增加财政收入的路子。他把目光锁定在全国的商人和手工业者身上，尤其是那些财力雄厚的富商、豪强。

根据桑弘羊的建议，朝廷规定，对商人一律按资产的多寡征收财产税。在统计资产时，由商人自行申报，朝廷只根据报上来的金额进行登记。很多商人为了少缴税，故意隐瞒不报或少报，见官府对此睁一只眼闭一只眼，瞒报、少报几乎形成了一种风气。

对此，朝廷突然下令鼓励商人们相互检举揭发，一旦发现有人隐匿财产，就没收其全部财产，发配到边疆戍守一年，而且官府会将收来的一半财产奖励给举报者。这个政策一出，社会上顿时检举揭发成风，有人一夜暴富，有人一夜破产，朝廷的收入却大大增加了。官府在查处这类案件时，往往从严处置，全国稍微有点资产的商人几乎都家破人亡，资产不多的商人也是人人自危。

等搜刮得差不多了，汉武帝又颁布新的命令，如果有人愿意去边疆种田放牧，或者捐献一定数量的粮食，就可以换取遭检举后不被处罚的特权。于是，为了换一张护身符，本就已经元气大伤的富商、豪强要么迁到边疆生活，要么买粮捐献给朝廷。很快，朝廷的钱库和粮仓就被填满了，边疆的劳动力也一下子多了起来。西汉建立以来民间积攒了几代的财富，大多都进了朝廷的国库，为汉武帝提供了大展身手的物质基础。

3. 征匈奴与通西域

匈奴的噩梦

从汉高祖刘邦时起，汉朝一直对匈奴实行和亲政策。这虽然保持了汉匈之间几十年相对平稳的局面，但并没有彻底解决匈奴的威胁。匈奴骑兵仍然时不时地南下烧杀抢掠，给边境人民带来沉重灾难，严重危害汉朝北部边境的安宁。

汉武帝即位以来，政治上解决了诸侯国问题，又通过各种经济政策掌握了巨额财富。凭借汉初到文景之治所积累的国力与军力，他决定与匈奴决战，洗刷耻辱，彻底解决边患问题。针对与匈奴作战的需要，汉武帝专门加强骑兵部队建设，选拔擅长指挥骑兵的年轻将领，铸造适合骑兵作战的兵器，积极备战。

除了建设一支骁勇善战的骑兵部队，汉武帝还有一位杰出的统帅——卫青。卫青的经历颇具传奇色彩，他出身低微，从小做牧童，成年后当上了汉武帝的姐姐平阳公主的骑奴。后来，他的姐姐卫子夫得到武帝宠幸，他也因出色的骑射技术深得武帝赏识。

公元前129年，匈奴再次兴兵南下侵扰。汉武帝得知消息后，派车骑将军卫青、骑将军公孙敖、轻车将军公孙贺、骁骑将军李广四位将领各率一万骑兵，分四路迎击匈奴。四人之中，除了李广是一位久经沙场的老将，其余三人都是初出茅庐。这也是汉军第一次全部采用骑兵与匈奴作战，汉武帝并没有给出具体的战略目标，而是让四位将领深入敌后，自行寻找战机。

这个安排可谓十分大胆，四路大军的进展也令人难以预测。首次出征匈奴的卫青，成为唯一凯旋的一路。另外三路则全都出师不利，李广全军覆没，公孙敖损兵折将，公孙贺则无功而返。卫青果敢冷静，孤军深入敌后，直捣匈奴的祭天圣地龙城。在龙城之战中，卫青率军击溃匈奴数千人，斩杀敌军七百多人，取得了汉初以来对战匈奴的首次胜利。汉朝上下士气大振，自此不再把匈奴看作不可战胜的神话，为以后汉朝的进一步反击打下了良好的基础。

此后几年间，卫青又先后两次大规模出击。先是率领大军收复了匈奴盘踞多年的河套地区，使匈奴从此失去了进犯中原的跳板，又在漠南之战中率军长途奔袭，突袭匈奴右贤王的王庭，打得匈奴措手不及，狼狈北逃。在汉朝骑兵接连的打击之下，匈奴主力不得不退却到漠北一带，从此远离汉朝边境。

不过，对于接连遭受打击的匈奴而言，汉武帝给他们带来的噩梦还远远没有结束。

少年将军霍去病

卫青凭借多次大败匈奴的战功被封为长平侯。与此

卫青、霍去病率军远征匈奴

同时，一位更年轻的将领也在迅速成长，他就是后来令匈奴人闻风丧胆的汉军统帅霍去病。

和出身低微的卫青完全不同，霍去病可谓身世显赫、少年得志。他的舅舅是风头正盛的卫青，姨妈是当朝皇后卫子夫，姨父就是汉武帝。霍去病在少年时代就非常善于骑马射箭，汉武帝很喜欢他，还想亲自教授他《孙子兵法》。但霍去病却说："战场上形势瞬息万变，古人的兵书了解主旨就行了，没必要死记硬背。"汉武帝觉得霍去病说得有道理，便没有强迫他学习兵书，任由他玩耍去了。

为了历练这个年轻人，汉武帝在霍去病十八岁时便任命他为骠姚校尉，跟随卫青在军队中学习。霍去病并不满足于只在营帐里观摩，而是率领八百骑兵直奔匈奴后方，一次斩杀敌人两千多人，其中包括多名匈奴高官以及单于的叔叔罗姑比，创造了汉军和匈奴交战史上的奇迹。战后，汉武帝封他为冠军侯，以表彰他勇冠三军的辉煌战绩。今天人们常说的"冠军"一词便由此而来。

霍去病十九岁时升任骠骑将军，再次出击匈奴，发起河西之战。黄河以西的河西走廊是中原通向西域距离最近的通道，具有重要的战略地位，当时仍被匈奴控制，对汉朝的侧翼构成威胁。霍去病采用突袭战法，率一万骑兵长驱直入，在短短六天内急行军一千多里，接连攻破匈奴五个王国，歼敌近九千人，连匈奴的国宝祭天金人也成了他的战利品。

经过河西之战，汉朝占领了河西走廊，实现了"断匈奴右臂"的战略目标，设立起"河西四郡"，即武威郡、张掖郡、酒泉郡、敦煌郡。匈奴人为此痛哭而歌："失去了祁连山和焉支山，我们的牲畜再也无法繁衍，妇人从此容颜憔悴。"

公元前119年，汉武帝认为时机已经成熟，决定对匈奴发起决战。他命令卫青与霍去病各率领五万骑兵，分两路出击，在漠北与匈奴主力决战。卫青率军穿过千里大漠，直取单于驻地，在沙石乱舞的大风中经过一场混战，将匈奴击溃。而与卫青同属一路的老将李广，则因迷路而未能与卫青会师漠北。

霍去病这一路则顺利得多，他挑选强壮善战的年轻战士组成一支精兵，向北穿过大漠。与匈奴左贤王的精锐部队相遇后，霍去病发动猛烈进攻，歼敌七万多人，而己方损失仅一万人，几乎将匈奴主力歼灭殆尽。霍去病一路乘胜追击，攻陷了匈奴的圣地狼居胥山。霍去病在狼居胥山举行了祭天封礼，象征着这里从此就是汉朝的土地了。

汉朝在与匈奴的漠北决战中大获全胜。匈奴主力损失殆尽，单于远逃，从此再也无力威胁中原王朝。

打通西域之路

从汉朝的都城长安出发，穿过河西走廊，再往西就是今天的新疆，在汉代被称为"西域"。这条如今举世闻名的"丝绸之路"，正是汉武帝时期开辟的。

西域自汉初便被匈奴占据，在与匈奴交战的过程中，汉武帝逐渐认识到西域这片陌生土地的重要性。为了打通中原与西域之间的交通往来，公元前138年，汉武帝派张骞出使西域，希望联合匈奴的仇敌大月氏（zhī），从东西两边夹击匈奴。

张骞一行从长安出发，在穿过河西走廊时不幸碰上匈奴骑兵，全部被抓获。匈奴单于为了打消张骞出使大月氏的念头，对他进行了种种威逼利诱，还让他与当地女子结婚生子，希望将他永远留在匈奴。但张骞始终没有忘记自己背负的使命，在被扣留了十年之后，终于有

张骞开辟通往西域的丝绸之路

一天抓住机会逃走了。

在茫茫的戈壁滩上，白天飞沙走石、热浪滚滚，晚上野兽出没、寒风刺骨，沿途人烟稀少、水源奇缺。张骞一路上风餐露宿，花了近一年时间，好不容易才到达大月氏。谁知这时大月氏已经无意再与匈奴为敌，张骞逗留了一年多，始终未能说服大月氏人与汉朝联合夹击匈奴，只好动身返回汉朝。

时隔十三年，张骞终于回到了长安。多年来杳无音信的他突然出现，令所有人惊讶不已，而他的不忘使命也让汉武帝大为感动。虽然这次出使没有达到原来的目的，但张骞带回了关于西域地理、物产、风俗的各种知识，使汉朝初步了解了这片广阔土地的情况。后来，汉武帝派张骞随卫青出征，张骞利用自己熟悉草原的优势，多次帮助汉军找到水源，立了大功，被封为"博望侯"，以此称赞他的博学多识。

汉朝彻底控制河西走廊后，公元前119年，汉武帝派张骞第二次出使西域。这次，张骞率领三百人组成的使团顺利抵达西域，并在西域各国受到了热情接待。回到长安后，张骞将所见所闻向汉武帝做了详细报告，并对更遥远的中亚、安息（今伊朗）、身毒（今印度）等地情况都做了说明。这些内容被司马迁记录在《史记》之中，成为今天研究这些国家和地区历史的珍贵资料。

自从张骞开通西域与中原的交往之路后，西亚及中亚各国的商人、使者通过这条道路来到汉朝，汉朝的丝绸等商品也通过这条道路传到西方。一条沟通东西方的"丝绸之路"由此形成，在世界文明交流中发挥了重要的作用。

4. 黯淡的晚年

巫蛊之祸

汉武帝对内加强中央集权，对外消除匈奴威胁，将汉朝推向鼎盛时期。但到了晚年，他开始崇信方术，追求长生不老。大量方士、巫师见机便聚集在长安，一时间旁门左道在城内和宫中十分流行。

有一次，汉武帝在睡午觉时梦见有几千个木头人手持棍棒要打他。武帝一下子惊醒，从此感到身体不适、精神恍惚。他怀疑有人在用巫蛊诅咒自己，于是派宠臣江充去追查下蛊的主凶。"巫蛊"是当时流传的一种巫术，人们认为将桐木做的人形木偶埋于地下，请巫师发下诅咒，被诅咒的人就会遇到灾难。江充看出了汉武帝的疑惧心理，便指使巫师说："皇宫中有蛊气，如果不将其除去，陛下的病就无法康复。"汉武帝信以为真，便派江充进入宫中挖地找蛊。

江充之前在京城做官时，曾与皇太子刘据结下了仇怨。刘据是汉武帝的嫡长子，母亲是皇后卫子夫。有一天，刘据的下属驾车在皇帝御用的驰道上行驶，江充恰好看到，便将此人抓住准备交给官府。刘据得知后派人向江充求情，希望不要声张此事，免得被武帝知道。江充并不理睬刘据的请求，反而直接将此事报告汉武帝，让刘据受到一顿责备。转眼间几年过去了，江充见汉武帝年事已高，担心刘据即位后会报复自己，在后宫中搜寻巫蛊时，便故意重点搜寻太子和皇后的宫殿。两处宫殿的地面被挖得纵横交错，以致太子和皇后连放床的地方都没有。

江充为了陷害刘据，在搜查时乘人不备先埋下人偶，再当着众人的面挖出。他还四处扬言太子的宫中不仅有很多桐木人偶，还有许多写在丝帛上的文字，内容大逆不道,应当奏报给皇帝。刘据极为恐惧,亲自前往武帝避暑的甘泉宫,想当面向武帝说明冤情。但是,他被江充的同伙阻拦,无法见到武帝。

刘据被江充逼得走投无路,于是便发动兵变,杀死了江充。江充的党羽逃到甘泉宫,添油加醋地报告武帝,说太子已起兵造反。汉武帝当时病情严重,没有查明实情便命令丞相刘屈氂(máo)调兵平乱。最后刘据兵败自尽,皇后卫子夫也悲愤自杀。这场发生在汉武帝晚年的宫廷惨剧,史称"巫蛊之祸",时在公元前91年。

武帝的罪己诏

太子刘据和皇后卫子夫自杀,对汉武帝的打击很大。第二年,江充诬陷太子的事情被彻查清楚,汉武帝才知道太子是因江充故意构陷逼迫,才不得不杀了江充,起兵逃走,并没有造反的企图。得知真相的汉武帝怒不可遏,下令诛灭江充三族,带兵追讨太子的刘屈氂也被腰斩。因丧子而伤心万分的汉武帝又专门建造了一座"思子宫",以表达对太子刘据的思念和内心的悔恨。

汉武帝晚年要面对的悔恨还不止于此。尽管他曾经掌握空前的财富，但由于连年征战和肆意挥霍，国库日渐空虚，经济也已经到了破产的边缘，各地发动暴乱的民众越来越多。而军事上，贰师将军李广利在对匈奴的作战中兵败投降，朝廷一时间也没有力量再远征匈奴了。种种打击接踵而至，令迟暮之年的武帝心灰意冷。

据《资治通鉴》记载，汉武帝在去世前的两年中大幅度转变了自己的政治取向。他在封禅泰山后，当着大臣们的面承认了自己的错误："朕自即位以来，许多事情做得有些狂妄悖理，使天下愁苦纷纷，现在悔恨不已。从今以后，所有伤害百姓、浪费国力之举都必须停止。"

随后汉武帝下令斥退方士，颁布《轮台诏》，拒绝了桑弘羊等人提出的派人去轮台屯田的主张，表明从此要让人民休养生息。汉武帝晚年对国家政策的及时调整，使汉朝这艘大船重新回到了正确的航道上，避免了倾覆灭亡的危险。

公元前87年，汉武帝病逝，年仅八岁的幼子刘弗陵即位，是为汉昭帝，遵从武帝的遗诏，由霍光等人辅政。

昭帝时期重视吏治，注意察访民间疾苦，对失职的官吏严加惩处。他共在位十三年，年仅二十一岁便因病去世。因昭帝没有子嗣，霍光等人便拥立武帝的孙子昌邑王刘贺为帝。结果刘贺仅在位二十七天，便因荒淫无度、行为放纵不合法度被废黜帝位，史称"汉废帝"。

之后，武帝太子刘据的孙子刘询被霍光立为帝，是为汉宣帝。几年后霍光病逝，宣帝开始亲政，一举诛灭了权倾朝野的霍氏家族势力。宣帝延续了轻徭薄赋、与民休息的政策，多次减免赋税，使武帝末期以来的社会矛盾得到缓解，经济有了平稳的发展，百姓安居乐业。在昭帝、宣帝治下，国力一度衰退的汉王朝，又重现了文景之治的盛世景象，史称"昭宣中兴"。

读史点评

汉武帝时代是中国历史上的辉煌时代,这一时期强盛的国力、辽阔的疆域,成为后世许多王朝效仿的榜样。在汉武帝治下,儒家思想成为此后两千年间中国历代王朝的正统思想,丝绸之路的开辟架起了东西方交流的桥梁,广阔的西域首次被纳入中原王朝的版图,每一项成就都对中国历史有着深远影响。

纵观整个中国古代历史,也很少有一个朝代能像汉武帝时期这样人才济济。史学家司马迁、文学家司马相如、政治家主父偃、外交家张骞、儒学大师董仲舒、经济鬼才桑弘羊、名将卫青与霍去病,每个名字在他们各自的领域中都是一座丰碑。而正是鼎盛的时代,为这些闪耀的群星提供了大展身手的历史舞台。

当然,之所以能取得这样的成就,既离不开汉武帝本人杰出的胆识与谋略,更离不开汉初以来七十年积累的雄厚的物质基础。然而,汉武帝统治晚期持续不断地大兴土木和穷兵黩武,很快将这些积累消耗一空,为西汉的衰落埋下了隐患。

思考题

古人常常将"秦皇汉武"并称,你认为秦始皇和汉武帝这两位帝王有哪些相同点,又有哪些不同点呢?

第五章

东汉的兴衰

1. 王莽篡汉

人人称赞的王莽

汉宣帝的孙子汉成帝刘骜（ào）执政时，皇太后王政君的兄弟中有多人封侯，作为外戚的王氏家族权势逐渐扩大。他们把持着朝廷里许多重要的职位，先后有九人封侯、五人担任大司马，权倾朝野，成为当时最显赫的家族。

王氏家族成员大多生活奢靡，声色犬马，攀比之风严重。但其中也有一个与众不同的人，他就是王政君的侄子王莽。王莽生活俭朴、勤奋好学，侍奉诸位叔伯时十分周到，对外也谦卑有礼、广交贤士。他还常把自己的俸禄分给别人，甚至卖掉马车接济穷人。大家都称赞王莽是道德楷模，他的名声甚至超越了那些大权在握的叔伯。

后来，王莽的叔父王根病重，举荐王莽接替自己担任大司马一职。王莽在任期间举贤任能，将得到的赏赐都用来款待名士，朝政运作井井有条。汉成帝去世后，先后即位的哀帝、平帝都只不过是傀儡，大权仍掌握在外戚王氏手中。而掌权后的王莽非但没有变得骄奢，反倒生活上更为俭朴。据说有一次，公卿大臣前来探望王莽的母亲，见到王莽的夫人穿着十分简陋，还以为是家里的奴仆。

为表彰王莽辅政的贡献，在大臣们的一致建议下，太皇太后王政君赐予王莽"安汉公"的称号，并让他担任群臣之首。

王莽主政以来，每逢水旱灾害，便只吃素食，不沾酒肉，还经常拿出钱财来救济百姓。有一年旱灾与蝗灾同时出现，很快席卷了大半个国家，许多百姓流离失所。为了赈灾，王莽带头拿出自己的土地和住宅用来安置灾民，此外他还征用了地方上的一些皇家园林，在长安城中新建了上千套住宅。在王莽的建议下，灾区的租税获得部分减免，灾民们得到充分抚恤。大家都赞颂王莽的功德，说他简直可与古代的圣人相比。

此外，王莽对诸侯王和功臣后裔大加封赏，让所有在职的官员都得到好处。他还推崇儒学，在长安为儒士建造一万套住宅，网罗天下才士。种种举措，使王莽博得了各方面的认同和好感。不久，有四十多万百姓以及诸侯、王公、宗室共同请求赏赐王莽，于是朝廷为王莽加封了至高无上的"九锡之礼"。

公元5年，汉平帝刘衎（kàn）去世，王政君和王莽为了便于操纵政局，立只有两岁的刘婴为皇太子，由王莽代天子治理朝政，称"假皇帝"（代理皇帝），又称"摄皇帝"。此时的王莽在朝中的势力如日中天，与真正的皇帝几乎已经没有什么差别了。

迂腐的改制

眼见朝政被王莽把持，刘氏宗室多次起兵反对王莽。王莽一边假惺惺地表示自己只是临时摄政，将来一定把皇位归还太子刘婴，同时不断调动大军镇压反抗的宗室。公元6年，王莽平息了叛乱，遂有了称帝之心。

西汉中期以后，灾异与祥瑞的思想逐渐流行起来。王莽充分利用这种普遍的社会心理，为自己代汉自立创造条件。凡是宣扬刘氏气运已经衰落、王莽才是祥瑞预示的真命天子的人，都得到了丰厚的赏赐。在群臣的不断吹捧与劝进之下，王莽经过多次假意推辞，最后终于撕下伪装，在公元9年逼迫王政君交出传国玉玺，并让刘婴将帝位禅让给自己，改国号为"新"。至此，汉朝被王莽的新朝取代了。

王莽是中国历史上第一个通过禅让称帝的皇帝。此后一千多年间，凡是通过胁迫手段获得皇帝宝座的篡位者，无不争相效仿，将源于上古时期的禅让变成了自欺欺人的政治作秀。

王莽之所以选择禅让这种方式，和他的个人性格有关。根据历史记载，王莽是一个特别崇古的人，对上古的制度达到迷信的程度。他见《尚书》中有尧禅让于舜、舜禅让于禹的记载，而且历代儒生都非常推崇这种制度，便照葫芦画瓢，对这种制度进行了身体力行的"复原"。此外，他还实行了一系列匪夷所思、不合时宜的复古式改革，史称"王莽改制"。

为了解决当时日益严重的土地兼并问题，他以西周的井田制为蓝图，将全国土地全部收归国有，改称"王田"，禁止买卖。他按每家男丁八口可受田九百亩的标准，重新分配土地使用权，男丁不足八口的家庭，则必须将多出的土地分给宗族邻里。

王莽的这项政策一推出，把举国上下都得罪得彻彻底底。手中掌握大量土地的王公贵族、官僚地主自然第一个站出来反对，因为这触及了他们的根本利益。农民一时也难以接受，因为土地不能买卖，万一遇上旱涝灾害，国家不能及时救助的话，他们就只能饿死或者沦为奴婢了。而且按照王莽的办法，当时天下的所有耕地加起来都不够分，给农民的许诺最后只能沦为空头支票。这种只凭热情、不顾实际的改革，从一开始就注定了夭折的结局。

无法推行的新政

紧接着，王莽又开始大举进行货币改革。首先，他宣布将黄金收归国有，除了列侯，任何人私藏黄金都属于违法。然后他便开始强制推行新朝的货币，连续三次进行货币改革，先后推出二十多种新货币。货币材质、样式多样多变，设定比价和比率时也很随意，且极不合理。当时出现了许多直接模仿远古包括春秋战国时期的货币，上演了一幕幕货币大混战。这也导致"农桑失业，食货俱废"，加剧了社会危机。

此外，王莽还根据个人喜好频繁改变币制。汉代两百多年间常用的货币不过一两种，而王莽在不到八年的时间里，就先后进行了四次币制改革。市场上新钱旧钱、真钱假钱满天飞，货币种类之多、币值之复杂连官府都算不清楚。每次币制改革都是以新铸的劣质货币代替质量较高的旧币，每更换一次货币，百姓就要遭受一次盘剥。结果就是物价大幅飞涨，社会经济一片混乱。

币制之外，王莽的其他改革同样是一片混乱。他按照西周的分封制，一口气封了几千个诸侯。等到真要授土了，他又开始舍不得，以地图不清楚为由一直拖着。于是，这些所谓的"诸侯"只能待在长安等消息，每月靠领到的几千钱度日，有些人甚至只能靠打短工来维持生活。

认为什么东西都是越古越好的王莽，还掀起了一场空前绝后的改名运动。他根据典籍的记载，大量更改官名、地名、建筑名，而且是一改再改，有的地名甚至一年之内改了五次，最后又变回原来的样子，给百姓的生活带来了极大不便。王莽在后来的诏令中提到某地时，为便于理解，不得不同时注明原先的地名，这样既影响办事效率，又浪费人力物力，搞得民怨沸腾。

迂腐的"改革家"王莽

这样一场闹剧般的"新政",让过去曾经拥护王莽的人也无法忍受。王莽逐渐从被大家寄予厚望的圣主明君,变成了举国上下都厌恶的众矢之的。

2. 东汉的建立

赤眉绿(lù)林大起义

王莽的改制不仅触动了贵族和地主的权益,而且由于制度混乱、用人不善,农民实际上也没有得到好处,加上一连串的天灾,许多地方都发生了饥荒。公元17年,南方的荆州闹饥荒,饥民们在王匡、王凤兄弟的领导下发动起义。由于起义军的根据地在湖北绿林山,因此被称为"绿林军"。

绿林军得到广大民众的响应,不到几个月工夫就发展到七八千人。不久,朝廷派了两万官兵去围剿,结果却被绿林军打得大败而逃。绿林军趁势攻下了几座县城,把官府粮仓里的粮食分给当地穷人。于是,投奔绿林军的人越来越多,起义军的影响也越来越大。

绿林军燃起的起义之火传播迅速，各地开始纷纷响应。山东地区的农民起义军在樊崇的带领下迅速壮大，他们纪律严明，规定杀死百姓的人都要被处死，伤害百姓的人就要受处罚，因而得到百姓的拥护。

王莽派出十万大军镇压山东的起义军。樊崇在备战时为了避免起义军与官军混杂在一起，下令起义军士兵都把自己的眉毛涂上红颜色，作为区分的记号。因此，这支起义军也被百姓称作"赤眉军"。

在绿林军和赤眉军的打击下，王莽的新朝很快土崩瓦解。公元23年，绿林军攻入长安，王莽本人死于乱军之中，新朝的残余军队被各个击破，最终全军覆没。新朝宣告灭亡，王莽的首级也被割下来悬挂于集市之中。百姓听说这是王莽的首级，纷纷上前击打，甚至把他的舌头也割掉了，可见对人们对王莽的怨气之深。

短命的更始政权

除了农民起义军，不少汉朝皇室成员也以推翻新朝、恢复刘汉为目标，加入了反对王莽的大军，其中就包括刘玄。

刘玄在刘氏皇族子弟中资质平平，谈不上有什么雄才大略。他年轻时好交朋友，颇有些侠义习气。他的弟弟刘骞与人结仇被杀，为了给弟弟报仇，刘玄开始大量结交宾客，培养自己的势力。不料他的一个宾客犯了法，大仇未报却先惹了祸。为了避祸，刘玄被迫逃到了平林（今湖北随县东北）。

当时为了响应绿林军，平林人陈牧、廖湛聚众一千余人起义，号称"平林兵"，逃匿途中的刘玄便顺势投奔了陈牧等人。同时，刘玄的族弟刘秀也在春陵起兵，打出"反新复汉"的大旗。在与朝廷军队作战的过程中，各地起义军开始会合行动。为了加强对起义军的统一指挥，公元23年，绿林军立刘玄为天子，建年号为"更始"，史称"更始帝"。

更始帝生性懦弱，不但没有多少才干，还嫉贤妒能。随着绿林军的节节胜利，更始帝在纵情享乐的同时，也开始大肆杀戮功臣。赤眉军的领袖樊崇等人朝见刘玄，有心归附，但是更始帝骄傲自满，并没有给赤眉军足够的重视。公元25年，赤眉军和绿林军兵戎相见，并最终攻入长安，更始帝也被人杀死。

这位短命的皇帝一死，天下立刻陷入军阀混战之中。

谶（chèn）语的力量

王莽的新朝被推翻后，各支起义军纷纷拥立自己一方的皇帝，并都宣称自己才是刘氏的正统。一时间出现了割据纷争的局面，每股势力都想获得更多百姓的支持，于是一些人便开始借助谶语，宣传自己才是天命所归。谶语是古代巫师或方士以谶术制作的一种隐语和预言，用来预测吉凶、预示未来。在信息传播不发达的古代，谶语具有强大的舆论造势作用，可以预示一个人的吉凶，甚至是政权的兴衰成败。

当时，汉朝皇室成员刘秀占据河北，蜀郡太守公孙述割据四川，双方之间的战争一触即发。二人在动兵之前展开了一场有关天命归属的"辩论赛"。

刘秀一方在一本书中找到了"卯金刀变青龙"的记载，"卯金刀"合起来就是"刘"字的繁体字"劉"，刘秀据此说自己是真龙天子。公孙述一方则引用另一本书中"西太守，乙卯金"的记载，宣称蜀地在西边，"西太守"是指蜀郡太守公孙述，"乙卯金"是说他将剪除刘氏。

接着，刘秀又引用当时广为流传的童谣"刘氏复起，李氏为辅"，说自己作为刘氏的后代，统一天下是众望所归。而公孙述一方也从姓氏上大做文章，利用"废昌帝，立公孙"的谶语，说公孙氏才是上天指定的皇帝人选。这场你来我往的谶语辩论，到最后也没有决出胜负。

这时，有人专程赶到河北，为刘秀献上了当时最神秘的预言书《赤伏符》。书上写道："刘秀发兵捕不道，四夷云集龙斗野，四七之际火为主。"四七二十八，刘邦称帝到此时正好是二百二十八年，火是汉朝国运的标志，再加上刘秀的名字，这句话再明白不过地宣示刘秀就是真命天子。于是刘秀不再推辞，于公元25年在众人山呼万岁中登基称帝，建立东汉，史称"光武帝"。随后，汉军势如破竹消灭了各地割据势力，最终实现了国家的再次统一。

其实，谶语并没有什么神秘性可言，更不可能真的预示未来。作为一种隐语，它不过是抓住了人们的好奇心。当一条谶语出现后，人们忍不住会去思考其中蕴含的深意，如果现实事件与谶语在一定程度上有类似关联，就很容易对此深信不疑。因此，谶语这种含义模糊、可以灵活解读的文字游戏，往往被古代政治人物用来为自己做舆论造势。

3. 东汉的末路

皇帝也难管的豪族

刘秀之所以能够建立东汉王朝,依靠的并不只是自身的政治与军事才能,还有南阳、河北等地豪族的支持。当时,豪族的庄园占有广阔的土地,得到大量农民、奴仆的依附,经济实力雄厚。庄园中往往有不少的私人武装,使豪族在军事上、政治上也拥有相当大的势力和声望。

统一天下后,为了巩固政权,刘秀不得不继续依靠豪族的势力。在朝廷的庇护下,豪族的势力比以前更加强大了。他们中的许多家族既是大地主,又是皇亲国戚,而且身居朝廷高位,势力盘根错节,最终形成了尾大不掉的局面。

东汉建立之初,光武帝刘秀下令重新统计天下的田地、人口,作为税收的依据。可是各地官员在执行的时候,都不敢得罪那些有钱有势的豪族,还会帮着他们瞒报田产。有一天,光武帝在浏览陈留郡上报的表格时,忽然发现简牍中夹着一封被拆过的信。他打开信,只见上面写着:"颍川、弘农可以认真核查,河南、南阳不可认真核查!"光武帝心存疑惑,就把陈留郡的官员叫来询问。官员见到信件顿时吓得脸色煞白,支支吾吾,说不出个所以然。

光武帝见状大怒,知道这名官员一定有所隐瞒。当时,光武帝十二岁的儿子刘庄正好在旁边。刘庄虽然年幼,但非常聪明,一看就明白了这是怎么回事。他对光武帝解释道:"这大概是下面的官吏们接到的指示,叫他们在丈量田地的时候专门关照河南、南阳等地。因为河南郡是皇城所在地,高官显贵多,南阳郡是您的家乡,皇亲国戚多。这些地方豪族的田宅数量远远超过了规定,但官员惧怕他们的权势,不敢如实汇报。"一旁的官员见隐瞒不住,只好点头承认。

得知了真相的光武帝夜里难以安睡,但面对强大的豪族,他也无可奈何,因为东汉王朝还要倚靠他们的势力。

轮流上台的外戚和宦官

从东汉中期开始,皇帝大多短命。光武帝的儿子汉明帝之后,除了末代皇帝汉献帝,十一个皇帝中没有一个活过三十六岁。好几个小皇帝在还没成年甚至在襁褓之中时便被推上了帝位。

汉代推崇以孝治天下，因此在皇帝年幼时，权力便自然而然地落到皇帝的母亲皇太后手里。而皇太后作为女性，既出不了后宫，更无法带兵打仗，她们往往依靠自己的父亲或兄弟来处理朝政。所以，朝廷的大权实际上都掌握在这些外戚手中。

东汉最有名的外戚权臣梁冀，因两个妹妹先后成为皇后而飞黄腾达，垄断朝政近二十年之久。他先后立了冲帝、质帝两位小皇帝，又因质帝指责自己跋扈而将他毒死。梁冀在朝中权势熏天，不断打压反对自己的忠臣，越来越肆无忌惮。他的豪宅规格甚至超过了皇家园林，几个儿子也都封了侯。

毒死年幼的质帝后，梁冀又立十五岁的刘志为汉桓帝，朝廷大权仍然掌握在自己手中。汉桓帝举行成人典礼两年后，先后在三代皇帝在位时临朝听政的梁太后，终于在临终之前下诏归政于桓帝。但梁冀依然把持着朝政，并获得了更多的特权，可以佩剑着履上朝，觐见皇帝时也不必自称姓名。受够了梁冀跋扈专权的汉桓帝，下决心要将他铲除，并暗中开始谋划。

汉桓帝私下里联络同样对梁冀十分不满的五名宦官，以谋反的罪名调兵包围了梁冀的府邸。梁冀虽然权倾天下，但得罪的人太多，见到有人带头反抗，人们便纷纷倒向了朝廷一边。大势已去的梁冀在家中自杀，梁氏在朝中的势力也被一网打尽。

单超等五名宦官因诛灭梁冀立了头功，被同日封侯，史称"五侯"。"五侯"逐渐掌握了朝中大权，并开始广泛培植自己的亲信。于是，在权势最大的外戚梁冀被消灭后，东汉又进入了宦官专权横行的时期。朝廷陷入了外戚和宦官交替掌权的怪圈，无论哪一方得势，都会败坏朝纲、鱼肉百姓。东汉王朝就是在这种循环中一步一步走向了衰亡。

党锢之祸

在东汉末年黑暗混乱的时局中，仍然有一批坚守信念的志士。面对官场的腐朽、朝政的衰败，一些有胆识的儒家士人挺身而出，对专权的"五侯"进行激烈的抨击。这些士人大多出身名门望族，拥有渊博的学识和高尚的德行，以此闻名天下。

士人们的谏言对外戚形成了一定的震慑,许多外戚登门谢罪,甚至放下身段对士人加以拉拢。宦官们对士人的态度则大相径庭,他们大多没有受过教育,无法理解士人抱持的儒家理念,因此很难与之达成和解。最后,宦官和士人们闹得水火不容,关系极为紧张。

当时,宦官张让的弟弟张朔无法无天,竟然杀害孕妇,畏罪躲在张让家中。负责京师治安的司隶校尉李膺一向执法严明,率领吏卒冲进张让家中捉拿张朔,将他审判后正法。张让恶人先告状,向桓帝诉冤,桓帝召来李膺问清楚来龙去脉之后,也知道确实是张朔有罪在先,并未处罚李膺。从此宦官们都对李膺心怀畏惧,在当时纲纪败坏的风气中,出淤泥而不染的李膺获得了崇高的名声和威望。李膺成为天下士人共同推崇的名士代表,凡是能得到他接待的士人都被称为"登龙门"。

公元166年,宦官赵津、侯览等人及其党羽平时为非作歹,故意在大赦之前犯罪,期望以此逃脱惩罚。成瑨、翟超等人不畏权贵,在大赦以后仍然惩处了这些人。宦官们恶人先告状,以"党人"的罪名污蔑士人,诬告李膺等人和太学生、名士结成一党,诽谤朝廷,图谋不轨。汉桓帝接到控告后,下令逮捕党人并将其"禁锢",令他们终生不得做官，史称"党锢"。涉案的官员、士人皆被贬官放逐，不少人在监狱中被迫害致死。

李膺也受到党锢之祸的牵连，被免官回乡，但他依然是天下士人的领袖。当时被捕的大多是名士，为他们求情的人很多，这让宦官们感到更加恐惧。于是两年后，双方爆发了更大的冲突，这次连外戚也被卷了进来。外戚和士人两方联手，本想彻底解决宦官之祸，没想到事情泄露，遭到了宦官们的疯狂报复，被牵连灭门者不计其数。

党锢之祸使得清正的官员不是被害死就是被禁锢，各地士人和豪强对朝廷离心离德，真心维护朝廷的人越来越少。宦官则是更加为所欲为，变本加厉地残害百姓，摇摇欲坠的东汉王朝离灭亡已经不远了。

读史点评

西汉末年，政治腐败，土地兼并加剧，自然灾害频繁，社会危机十分严重。统治阶层期待通过改革缓和社会矛盾，维护自身的统治。称帝前的王莽是人人夸赞的道德楷模、众望所归的改革家，称帝后的王莽却因为新政措施背离实际、接连失败，变成了背负千古骂名的窃国大盗，最终落得被起义军斩首的下场。

乱世之中，光武帝以武力得天下。他没有像刘邦那样对功臣痛下杀手，也不像汉武帝那样频繁对外用兵，使百姓有了一个相对平稳的生活环境。从东汉中期开始，皇帝大多短命，朝政遂落到宦官与外戚手中。桓帝、灵帝时，有理想的士大夫想改变这种局面，结果失败了，反而被诬陷为"党人"。党锢之祸使东汉政权失去了最后的自救机会，终于在飘摇中走向灭亡。

思考题

外戚与宦官专权是困扰东汉的两大"毒瘤",成为王朝走向衰亡的重要原因。其实除了东汉,中国古代历史上还有许多王朝也深受外戚与宦官专权之害,你认为出现这种现象的根本原因是什么?

第六章

博大精深的两汉文化

1. 名垂青史的"班马"

"史家之绝唱"

司马迁是汉武帝时期的人,出身史学世家。他的祖上在周朝便担任太史的职务,掌管国家典籍和天文历法。他的父亲司马谈则是汉武帝时期的太史令,以广博的学问被当时的人们尊称为"太史公"。

司马迁从小就在父亲的指导下习字读书,十岁时已能读懂《尚书》《左传》《国语》等史书。后来,他又拜当时的大儒孔安国、董仲舒为师,系统学习各种知识。除了"读万卷书",他还立志"行万里路"。司马迁在二十岁那年开始游历天下,在遍访河山的旅途中,也不忘搜集各地的遗闻古事。他曾到汨罗江屈原投江的地方凭吊,也曾到大禹大会天下诸侯的会稽山追忆,到曲阜观察孔子留下的文教遗风,在春秋战国的古战场感受列国相争

司马迁发愤著《史记》

的金戈铁马。这些出行经历极大地丰富了司马迁的见闻和知识，使他对历史事件有了切身的感受和独到的判断。

司马谈去世后，司马迁继承了父亲从年轻时就想写一部通史的遗志，决心撰写一部从上古传说中的黄帝时代到汉武帝时期的通史。为了完成这部长达三千多年、前无古人的通史，司马迁在编写体例上也做了巨大的创新。他决定采用"纪传体"的全新体例，以人物为中心来叙述历史，同时注重对历史事件因果关系的深层探究，并且像孔子修订《春秋》那样，在书中加入自己的道德评判。

奉武帝之命出击匈奴的将军李陵兵败后投降了匈奴，汉武帝得知后大怒，群臣纷纷声讨李陵，只有司马迁为李陵辩解，结果触怒了汉武帝。司马迁本应被判死刑，为了完成这部未竟的大作，他忍辱负重选择以宫刑赎身，免除一死。在坚忍与屈辱中，司马迁笔耕不辍，历时十四年，终于完成了这部五十二万多字的通史巨著——《太史公书》，后定名为《史记》。

《史记》不仅是一部规模巨大、体系完备的通史杰作，而且开创了纪传体的编史体例，被后世历代正史所效法，成为当之无愧的"二十四史"之首。

父子接力著《汉书》

东汉有一位史学家名叫班彪,因为崇敬司马迁和《史记》,他试着续写了一部《史记后传》。可惜书还没写完,班彪就去世了。他的儿子班固同样立志于投身史学,于是继承父亲的遗志,着手充实和完善这一续作。

班固每编写完一章,人们便争相传阅。这件事很快就传到了地方官的耳朵里,朝廷以"私修国史"的罪名将班固抓进监狱。这是因为古代王朝对于史书的编写十分重视,严禁私自撰写国史。司马迁写《史记》时任太史令一职,作为朝廷官方的史官编写国史是名正言顺的,而班固此时无官无职,就算写得再好也是"私修国史",犯了轻则充军、重则杀头的大罪。

班固有一个叫苏朗的同乡,之前就是因为私修国史而被朝廷处死的,因此班家一家人都非常担心。班固的弟弟班超害怕哥哥在监狱里屈打成招,不明不白地丢掉性命,当即快马加鞭赶赴京城洛阳,打算上书皇帝,替哥哥申冤。事情闹得动静很大,很快就引起了汉明帝的注意。

汉明帝下旨召见班超了解情况,班超诚心实意地说明了班家两代人几十年辛苦修史的过程,并且强调自己的父兄一直在宣扬"汉德"、忠于朝廷,绝无不敬之言。汉明帝听完产生了强烈的兴趣,认真读完书稿后,立刻被班固的才华所折服。他不仅下诏立即释放班固,还将他召到洛阳,任命他为兰台令史,掌管和校订皇家藏书。

这样一来,班固就有了名正言顺的史官身份,兰台丰富的藏书更是为他的修史工作提供了极大的便利。班固很快便被委以重任,与其他大臣一起编纂记录东汉开国皇帝光武帝事迹的《世祖本纪》,完成后得到了汉明帝的赞扬。

而班固最大的理想其实是完成父亲的遗愿,写成一部整个西汉一代的断代通史。出于对班固才华的充分信任,汉明帝下诏命班固撰写这部《汉书》。

班固去世时,《汉书》中的"八表"和《天文志》尚未完成,于是汉和帝命班固的妹妹班昭和马续补写完成。《汉书》包含西汉二百三十年的史事,全书共八十万字。经过前后历时三四十年的努力,班氏父子的心愿终于实现了。班固开创了后世历代王朝纪传体断代史的体例,以卓越的史学贡献与司马迁并称"班马"。

2. 佛教与道教

白马驮来的经书

东汉第二位皇帝汉明帝曾做过一个奇怪的梦，梦里有个身形高大、头顶白光的金色巨人从天而降，落在宫殿中央。汉明帝张口想同金人说话，那金人却"呼"的一声腾空而起，向西方飞去。汉明帝惊醒后才发现自己是在做梦。

第二天朝会上，汉明帝向大臣们详细讲述了自己的梦，并问大臣们这金人是什么神。大臣们你一言我一语，都说不清那个头顶白光的金人是谁，也不知道这个梦到底是吉是凶。

这时，一个名叫傅毅的官员站出来，不慌不忙地说："臣听说西方的神叫作佛，佛讲的话被记录下来，叫作佛经。汉武帝派出的骠骑将军霍去病在攻打匈奴时曾把休屠国王供奉的金人带回长安，汉武帝便把金人供奉在甘泉宫里，焚香膜拜。据说，那个金人就是从天竺国传到休屠国的。西汉末年战乱，金人下落不明。昨晚皇上梦见的金人，有可能就是那个从天竺来的佛。"汉明帝听了这番话，对梦中的金人更加好奇了。

　　傅毅当时是五经博士，称得上朝廷里学识最渊博的人之一。汉明帝相信他说的话不会有错，便命人出使天竺，求取佛法。汉朝使团由蔡愔（yīn）和秦景带领，一路跋山涉水，历尽艰难险阻，终于到达了天竺。天竺的高僧摄摩腾和竺法兰对使团帮助很多，于是蔡愔和秦景便邀请他们来汉朝访问。

　　摄摩腾和竺法兰二人也有来东方弘法布教的意愿，于是便和汉朝使团一道，用白马驮着《四十二章经》和佛像穿过西域，长途跋涉来到了东汉都城洛阳。汉明帝见到佛经和佛像后十分高兴，其中有一尊佛像更是和他梦中见到的那个金人一模一样，于是更加认定这是佛在给自己托梦。他亲自接待了从天竺来的两位高僧，在洛阳专门为他们修建住处。为纪念两位高僧用白马驮经的经历，他们居住的寺院便取名为"白马寺"。

　　就这样，在汉明帝的支持下，两位高僧开始在洛阳开坛讲经，佛教也慢慢地在中原流传开来。

土生的道教

东汉中后期朝政腐败，世道一天比一天黑暗，百姓都生活在水深火热之中。有一个名叫张道陵（原名张陵）的人有救助百姓之心，免费为穷人治病，相传他用符咒等方法救活了很多人，因此被许多百姓奉若神明。

于是，张道陵便自称"天师"，开始收徒传道。他以《道德经》为教典，供奉老子为教祖"太上老君"，逐步建立了道教的基层组织。当时的人们只要出五斗米就可入道，所以张道陵创建的道教也被称为"五斗米道"，后世也称其为"天师道"。

天师道是一种实行教主"世袭制"的宗教，每一代教主都是"张天师"。按张道陵的规定，天师之位只能由张氏嫡系子孙继承。张道陵的孙子张鲁做天师时，天师道在四川获得了极大的发展，并且在汉中建立了政教合一的割据政权。

张鲁统治汉中期间，用诚实守信、不欺诈百姓来教育部众。任何人如果犯了小错，可以不予追究，只要在专门的"静室"里真心悔过就行。如果犯了大错，先给三次赦免机会，三次之后若再犯大错，才会施以刑罚。张鲁还在各地修建了许多免费的旅舍，里面有米有肉，过路人可以免费吃住，但是只能根据饭量自取食物，不可浪费粮食，否则就会被诅咒生病。

在张鲁的治理下，当地民生改善，社会井井有条，各地前去投奔的百姓有十几万之多。在东汉末年战火纷飞、生灵涂炭的时期，张鲁利用道教在汉中、巴郡营造了一个没有战争的世外桃源，使百姓能免于战火的摧残，享受了近三十年的安定生活，堪称乱世中的奇迹。

3. 蔡伦与张衡

普及纸张的功臣

1957年5月8日，陕西省西安市东郊灞桥砖瓦厂的工人在挖土时，意外发现了一座西汉时期的古墓。古墓中出土了一枚青铜镜，铜镜下垫衬着麻类纤维纸的残片。考古队员小心翼翼地把纸剥下来，研究后发现，这块薄薄的纸残片质地平整、柔软，原料主要是大麻纤维和少许苎麻，与古代文献中记载的麻纸完全吻合。根据其出土地点，考古学家将其命名为"灞桥纸"。后来，考古学家又在陕西、甘肃等地发现了类似的西汉麻纸，大多塞在器物之间的空隙内作填塞物，或者用来包裹药材。

为什么西汉人不用这些纸来书写呢？专家们推测，这和西汉麻纸的制作工艺有关，以麻为原材料制造的纸大都夹带许多未被捣碎的纤维团，表面也不光滑，书写起来很不顺畅，所以当时最常用的书写材料仍然是竹简和木牍。

东汉时期有一个宦官叫蔡伦，他非常有才能，担任中常侍一职，这在汉代可是俸禄两千石的高官。蔡伦不仅工作尽责，敢于直谏，而且喜欢参与生产劳动。于是，皇帝任命他为皇家作坊的最高长官——尚方令，主管宫廷器物的制造。当时的皇家作坊集中了天下的能工巧匠，代表着汉代制造业的最高水准，正好为蔡伦的才华提供了一个极好的展示平台。他主持制造的弩、剑等各种兵器，工艺达到极高水准，闻名天下。

由于当时的简牍携带很不方便，蔡伦便决定带领工匠们改进纸张的制造工艺，制造出适合书写的纸。经过长期探索与不断改进，他终于找到了新的方法，摸索出了一整套新的造纸工艺。他还改用常见又便宜的树皮、麻头、破布、旧渔网等作为原材料，在降低成本的同时，大大提高了纸的质量，非常有利于纸张的普及。

公元105年，蔡伦把自己制造的新型纸献给汉和帝，皇帝称赞不已，爱不释手。当时，朝廷正在组织整理古代典籍，于是蔡伦便利用这次机会，将整理好的古籍用这种新型纸大量抄写，形成了纸书生产和传播的一次高潮。为了纪念蔡伦的功劳，大家都称这种纸为"蔡侯纸"。从此以后，蔡侯纸逐渐代替简牍和缣帛，在全国流行开来。数百年后，造纸术传入欧洲，加快了欧洲文明发展的进程。

全才发明家

东汉时期，南阳郡有一个名叫张衡的少年。张衡从小就对自然万物充满了好奇心，善于思考，喜欢钻研，等到他十几岁的时候，他感兴趣的那些问题周围的人就已经回答不了了。

于是张衡来到都城洛阳，进入汉代的最高学府太学学习。他天资聪颖，兴趣广泛，博通五经和六艺，在诗歌、辞赋、散文上也有很高的造诣，还精于数学、天文学、地理学和机械制造等学问，称得上是一位全才。

后来，张衡发明了一种能够模拟天象运转的仪器，名叫"浑天仪"。浑天仪配备了各种精巧的机械装置，并标有二十四节气、南北极、赤道等重要信息。通过观测天象，张衡提出了新的宇宙结构理论——浑天说。他认为宇宙就像一个大鸡蛋，天像蛋壳，地像蛋黄，都飘浮在气的上面。相较于"天圆地方"的传统理论，这是古代天文学上的一个巨大进步。

张衡所处的东汉时代，地震比较频繁。据学者统计，自公元92年至公元125年，三十多年间发生的规模较大的地震就有二十六次之多。张衡经过不断研究，在公元132年发明了世界上第一台能够测报地震方位的仪器——候风地动仪。这个地动仪由纯铜铸造而成，设计精巧。外面配有八条头朝下的铜龙，龙口各含一枚铜丸，龙头下面各有一个张着嘴巴的蛤蟆。如果发生地震，相应方位的铜龙就会震动起来，吐出铜丸，被下面的蛤蟆接住。这样人们就能知道地震的大致方位。

据史料记载，张衡研制的这台地动仪相当灵敏、准确。公元138年的一天，地动仪准确地测出西方发生了地震，当时住在都城的人对此丝毫没有察觉，于是大臣们对地动仪的准确性表示怀疑。但是没过几天，便有人六百里加急从陇西赶来报告，说那里发生了地震。经核对，发生地震的时间正是龙头吐珠之时，地点正好在都城的正西方。直到此时，人们才信服了地动仪，赞叹它的精巧灵敏。

可惜的是，这台地动仪只是在历史上昙花一现，没能保存下来。今天的专家们仍然无法完全将它按照古书中的记载复原出来，这种精妙的仪器究竟是否真实存在过，是否真的能如此准确地测出地震方位，还要留待进一步的研究。

为了纪念有如此多突出科学贡献的张衡，现在的联合国天文组织将月球背面的一座环形山命名为"张衡环形山"，并将太阳系中的1802号小行星命名为"张衡星"。

读史点评

汉代承袭秦代而来,成为中国古代第一个长期存在的大一统王朝。与长期的安定和辽阔的疆域相称,两汉的文化也取得了丰硕的成果,展现出博大恢宏的气魄。

灿烂文明的建设与传承,离不开各种各样的人才,汉朝就是这样一个盛产人才的时代,涌现出了许多全才型的人物。比如史学家司马迁同时也是一位天文学家,汉代最有名的历法《太初历》便有他的一份功劳。文学家司马相如也是著名的音乐家,他弹奏的一首《凤求凰》,令大才女卓文君一见倾心,成就了一段千古佳话。天才发明家张衡则颇具文学才华,写出了《二京赋》《归田赋》这样的名篇,是与司马相如齐名的"汉赋大家"。

在物质文明方面,蜀锦行销全国,更是沿着丝绸之路源源不断地销往国外。马王堆汉墓出土的素纱襌(dān)衣薄如蝉翼,用极细的丝缕制成,整件重量竟不到五十克,展现了极高的工艺水平。除了以上种种我们耳熟能详的文化硕果,汉代还为中华民族的主体贡献了新的名字——汉族。

思考题

经过蔡伦的技术改进，纸张变得更加适合书写，成本也更加低廉，从而能够迅速普及。你认为造纸术作为我国"四大发明"之一，对于古代文化的发展和传播有怎样的重要意义和影响？

◉ 大事年表 ◉

前221年	秦统一六国。秦王嬴政称"始皇帝"。
前219年	秦始皇东巡,封禅泰山。
前214年	秦始皇下令修筑长城。
前212年	秦始皇开始营建阿房宫。
前209年	陈胜、吴广大泽乡起义。
前207年	巨鹿之战,项羽击败秦军主力。
前206年	鸿门宴后,项羽自立为西楚霸王,刘邦被封为汉王。
前203年	楚、汉约定以鸿沟为界。
前202年	垓下之战项羽败亡。刘邦建立汉朝,史称"汉高祖"。
前200年	刘邦率军北击匈奴,被围于白登山。
前195年	刘邦病死,汉惠帝即位。
前188年	吕后临朝称制。
前180年	诸吕势力被消灭,汉文帝即位。

前155年	晁错向汉景帝上《削藩策》。
前154年	七国之乱。
前141年	汉武帝刘彻即位。
前140年	董仲舒在《天人三策》中提出"罢黜百家,尊崇儒术"。
前138年	张骞首次出使西域。
前129年	龙城大捷,这是汉军对匈奴作战的首次胜利。
前127年	汉武帝颁行"推恩令"。
前119年	汉匈漠北之战,霍去病封狼居胥。
前104年	司马迁开始编著《史记》。
前91年	"巫蛊之祸",太子刘据自杀。
前1年	太皇太后王政君临朝,王莽执掌朝政。
8年	王莽称帝,建立新朝。
17—18年	绿林军、赤眉军起义。
25年	光武帝刘秀建立东汉。
54年	班固开始编著《汉书》。
68年	汉明帝下令在洛阳建造白马寺。
73年	班超出使西域。
105年	蔡伦改进造纸术,制成"蔡侯纸"。
132年	张衡发明地动仪。

159年	汉桓帝与宦官合力除掉梁冀势力。
166—169年	两次"党锢之祸"。
184年	黄巾起义。
220年	汉献帝被迫禅位于曹丕,东汉灭亡。